선우명수필선 47

아들의 고향

선우명수필선·47

아들의 고향

1판 1쇄 발행 2022년 8월 28일

지은이   유숙자
발행인   이선우
펴낸곳   도서출판 선우미디어

등록 | 1997. 8. 7 제305-2014-000020호
130-100 서울시 동대문구 장한로12길 40, 101동 203호
☎ 2272-3351, 3352 팩스: 2272-5540
sunwoome@hanmail.net
Printed in Korea ⓒ 2022. 유숙자

값 7,000원

ISBN 978-89-87771-09-0 (세트)
ISBN 978-89-5658-709-7 04810

선우 명수필선 47

아들의 고향

| **유숙자** 수필선 |

선우미디어 sunwoomedia

머리말

삶을 돌아보니 은총 아닌 것이 없다.

어려서 발레를 공부했고 음악을 들으며 살았다. 이들은 내가 글을 쓰는 데 자산이 되어주었다.

내 영혼은 늘 음악과 함께였다. 평생의 반려보다 음악을 더 가까이 두고 살았다. 사랑하는 마음을 숨길 수 없듯이 샘에 물이 고여 차고 넘치게 될 즈음 글을 썼다. 내 인생 여정은 음악 속의 여행이었고, 삶은 수필처럼 살아지길 소망했다.

영국에서 살 때, 유럽을 여행하면서 접하는 예술의 도시들의 문물은 수필의 소재가 되었다. 막연히 꿈꾸었던 유럽 생활이 현실이 되고 보니 하루하루가 경이였다. 문화 예술의 본고장에는 내가 그리워하는 풍경과 소리가 어디서나 낭만처럼 흐르고 있었다. 유럽 생활이 나로 다양한 글을 쓸 수 있게 해주었다.

삶도 리듬을 탔다. 격류에 시달릴 때는 알레그로였다가 감미로운 아다지오로 바뀌기에 흐름에 맡기며 갈마들었다. 신의 영역 안에 있을 때는 평안이었고 풀어지면 이내 광야였다.

수필을 만나고부터 삶과 문학이 신앙 안에서 바로 서야 비로소 빛을 볼 수 있음을 체험했다. 미국 며느리와 흑인 손자, 백인 손녀를 입양하였어도 갈등 없이 지낼 수 있음도 은혜였다.

2004년 4월 서울 방문 시 〈선우명수필선〉을 처음 만났다. 문단의 어른께서 〈선우명수필선〉 30권을 선물해 주셨다. 그때의 기쁨과 감사를 어찌 말로 표현할 수 있을까. 그들은 내 책장 눈높이에 나란히 앉아 주인의 한가한 틈새를 비집는다.

1990년부터 쓰기 시작하여 2022년에 이르기까지 수필집에 담겨있는 글 중에서 28편을 골랐다.

결혼 56주년을 맞는 해에 선집의 기회를 마련해 주신 이선우 대표께 깊이 감사드린다.

2022년 초여름 Glendale에서

유숙자

차례

chapter3 섣달그믐

엄마 봉봉

비 오는 날의 소묘

남가주에 겨울비가 풍성하다.

수년 동안 가뭄에 시달려 가로수가 잎이 마르고 잔디가 누렇게 죽었는데 이 겨울, 우기에 맞게 연일 비가 내린다. 도시의 먼지를 말끔히 씻어주는 빗소리가 싱그럽다. 커피를 들고 창가에 서서 내리는 비를 바라본다. 한가로운 정경에 평안이 깃든다.

'거리에 비 내리듯 내 마음에 눈물 흐르네/ 내 마음속에 스며드는 이 우울함은 무엇일까?'

베를렌의 시구가 귀에 어려 음악처럼 흘러내린다. 이런 날 들으면 제격인 쇼스타코비치의 '로망스'를 걸었다. 비극적 분위기의 멜랑꼴리한 첼로 음률. 고독의 슬픔이 잦아드는 낮고 깊은 멜로디가 늪처럼 고인다. 이 감상을 공유할 수 있는 누군가 있었으면 좋겠다. 세월을 함께 나눈 친구라면 더 좋겠지. 텔레파시가 통했나? 한 친구가 빗방울이 구슬처럼 맺혀 있는 매화 꽃가지를 전송해 주었다. 매화만큼이나 심성이 고운 친구다.

비 오는 날은 습관처럼 촛불을 밝힌다.

황금색 밀초는 아니더라도 굵은 초가 밝혀주는 은은한 빛은 아늑하고 신비해서 좋다. 촛불을 은총처럼 덧입은 캔디부케와 장미가 어우러져 거실의 분위기를 더한다.

며칠 전 결혼 50주년을 맞았다. 그즈음 가깝게 지내는 친지 몇 분이 축하의 자리를 마련해 주었다. K목사님 내외분께서 금혼식을 축하한다는 메시지가 달린 진기한 선물을 주셨다. 사모님께서 몸이 불편하심에도 불구하고 인터넷을 샅샅이 뒤져 예쁜 막대 캔디 50개를 구하여 장미 모양의 부케를 만들어 주셨다. 캔디 하나하나를 싸서 사랑과 정성을 듬뿍 담아 주셨기에 부케를 받으며 눈물이 났다.

꽃을 좋아하는 내게 붉은 장미 50송이를 품에 안겨 주던 후배의 정성은 어떤가. 평소에도 이따금 계절에 맞는 꽃을 한 아름 안고, 꽃보다 더 환한 미소를 띠며 지극 정성 방문해 주는 후배. 그의 살뜰한 보살핌이 있었기에 수술 후 빠른 회복이 가능했다. 축하의 자리에 함께 참석하고 영양 간식을 챙겨와 한 아름 건네주던 K의 배려 또한 가슴을 뭉클하게 만들었다. 얼굴만큼이나 마음도 고운 문우다. 비를 보며 풍성한 감상에 젖을 수 있는 이 시간이 좋다. 혼자 있어도 행복하다.

비 오는 날은 추억 여행을 떠난다.

'우리 만났지. 아주 오랜 친구인 우리.

10살 20살 같이 보낸 우리가 이제 내일모레 60인 채로 가을 불붙는 단풍의 색깔로 변해 있는 모습.

흑백 사진 속의 단발머리 소녀. 그 눈빛, 웃음은 여전한데 꼭꼭 숨어버린 세월이 잡힐 듯 보일 듯 앞을 가리네.

진초록 빛깔이 그리운 건 아니련만 가슴속 울렁이는 아린 이 울림.

내일모레 약속하지 말자며 메마른 손등에 남겨 놓은 우리의 입맞춤.

하얀 종이 위에 무수한 낙엽을 떨구면서 빨강 파랑 노랑 그립게 서럽게 물감들이네.'

60을 바라보던 어느 날 친구와 한 줄씩 번갈아 써 내려간 글. 우리는 〈그림〉이라는 시제를 붙여 한 장씩 나누었다. 10살에 만나 67년 우정을 다져온 젊은 시절 이야기이다. 지금도 만나면 알 수 없는 미래를 설렘 속에 맞자며 철없는 이야기를 나누지만, 이미 내 두 다리에는 본의 아니게 철이 들어 있기에 철이 들고 말았다.

옛친구를 옛날의 시간 속에서 떠올리며 가슴 적셔주는 우정이 한 송이 꽃처럼 눈부시다. 세월이 몇십 년 흘러도 마르지 않고 구겨지지도 않고 단단해지지도 않은 친구의 투명한 영혼이 신선한 바람처럼 나를 눈뜨게 하고, 시가 되어 내 영혼을 흔든다. 가슴 저린 그리움이 있어 흑백 영화 시절의 이야기 속으로 빠져들게 되는가 보다.

(2016)

그리움이라 부를 수 있는 것

해마다 초여름이면 복숭아를 가져오는 친구가 있다. 잔가지에 달린 복숭아를 둥근 대바구니에 담아 오기에 푸른 잎과 더불어 여간 운치가 있는 것이 아니다. 복숭아는 좀 덜 익은 것같이 푸른 기가 돌고 자잘한데도 당도가 높고 맛이 좋다. 향기 또한 잘 익은 수밀도 같아 식탁 위에 한두 알만 놓아두어도 향내가 온 집안에 진동한다. 복숭아가 덮개를 쓰고 오기에 건네받을 때마다 까맣게 잊고 있었던 세월 속의 한 장면이 떠올라 웃음 짓곤 한다.

요즘이야 세계가 일일권 내에 들고 내왕이 잦아 외국에서 사는 게 별 관심거리에 들지 않으나, 내가 처음 영국으로 떠났던 1980년은 외국 여행이 자유롭지 못했던 시절이었다. 공항으로 전송나온 친구들은 다만 몇 년간이지만 헤어지는 것이 서운하여 편지하라고 신신당부했다. 나는 어린 시절부터 꿈에 그리던 유럽으로 떠나게 된 것이 신나서 친구들을 끌어안으며 씩씩하게 '다녀올게.'를 외쳤다. 내가 조금도 섭섭함을 보이지 않는 것이 오히려 친구들의 마음을 서운하게 만들었다.

외국 생활이 처음이라 모든 것이 생소하고 두려웠다. 당시 우리는 한국 사람이 전혀 없는 런던 북쪽에서 살았다. 처음엔 남편과 함께 다니며 아이들 학교와 쇼핑을 해결했으나 일정 수습 기간이 지난 후부터 온전히 내 몫이었다. 막연히 유럽을 동경했을 뿐, 낯선 나라에 와서 산다는 것이 보통 일이 아니었다. 나는 발음을 정확하게 해도 상대방이 내 말을 알아듣지 못하는 데서 비극이 시작되었다. 그 나라의 습관을 알지 못하기에 횡당한 일들이 벌어졌다. 오랜 세월이 흐른 지금까지도 그때 치렀던 신고식을 생각하면 갱년기를 맞은 여인의 얼굴처럼 벌겋게 달아오른다.

제1화

우리 가족이 런던 교외 '서나 가든'에 도착했을 때 받은 강렬했던 인상이 지금까지 또렷이 남아 있다. 거기엔 내가 꿈꾸고 상상한 이상의 존재감과 근원적인 풍경이 있었다.

그 동네는 고색창연한 집들이 띄엄띄엄 있었고 아름드리나무의 울창한 나뭇잎들이 하늘을 덮어 아치를 이루었다. 집에서 불과 2, 3분 거리에 템즈 강이 흐르고 있는 것도 축복이었다. 산책할 때면 내가 지금 꿈을 꾸고 있는 것이 아닐까 할 정도로 지상 낙원이 따로 없었다. 집을 소개한 분 말에 의하면 그 동네에 동양인이 들어온 것은 우리가 처음이라 한다. 동네 주민은 우리가 외국인이기에 관심을 두고 친절을 베풀었으나 문화와 관습이 다른 곳에서 언어마저 자유롭지 못한 상태라 때론 친절도 부담스러웠다. 일거수일투족이 조심스러 웠다.

　도착하고 처음 맞는 연말에 이웃 판사 댁에서 우리 내외를 초대했다. '서나 가든 입성 환영 파티'란다. 그 댁에서는 해마다 인근 몇 가정을 초청해서 한 해 동안 지내온 이야기를 나누며 송년을 보낸다. 파티는 현관과 부엌에서부터 시작되었다. 들어오는 사람마다 수인사를 나눈 후 샐러드와 와인을 즐기며 담소한다. 초대받은 사람들이 거의 다 모였을 때쯤 주인이 거실을 개방했다.

　그날 일곱 가정이 초대되었으나 파티가 한창 무르익을 무렵, 한 젊은 부부가 커다란 대바구니를 들고 들어왔다. 두툼한 헝겊이 덮여 있어 무엇을 가져왔는지 모르겠으나 안주인이 반색하며 대바구니를 안고 이층으로 올라가는 것을 보니 꽤 귀한 물건임이 틀림없다. 옆집 부인에 의하면 초대받았을 때 와인 두 병이면 충분하다 하여 그 말을 따랐는데 바구니를 받고 희색이 만연한 것을 보니 그게 아닌 것 같았다.

　아이들 학교의 물리 선생 왓슨은 매우 친절하고 호의적인 분이다. 바쁜 와중에도 방과 후면 우리 아이에게 개별 학습지도를 해주고 힘든 일이 없는가를 자주 물었다. 이제 막 중학생이 된 아이들이 낯선 나라에서 적응한다는 것이 쉽지 않을 때여서 자상하게 보살펴 주는 왓슨이 무척 고마웠다.

　어느 날 왓슨이 우리 가족을 초대하고 싶다고 아이 편에 편지를 보냈다. 진작 초대하고 싶었으나 부인이 출산하여 늦어졌다며 자신의 집 약도와 전화번호를 알려 주었다.

약속된 날, 나는 유리 상자에 담긴 한국 인형과 와인을 준비했다. 바구니에 선물을 담아 가져가고 싶었으나 바구니를 어디서 사야 하는지 무얼 담아야 하는지 몰라 전통 의상이 고운 한국 인형으로 택했다. 미세스 왓슨은 인물이 수려한 중국 미인이었다. 게다가 요리 솜씨가 대단하여 북경식 요리가 일품이었다. 부인이 동양인이어서 우리 아이들에게 특별히 관심을 뒀던 것을 그제야 알게 되었다.

두 달 후, 학년이 끝났기에 우리도 왓슨 부부를 초대했다. 갈비, 잡채, 전유어 등 한국 고유의 음식을 맛깔스럽게 준비해 놓았다. 아기는 누구에게 맡기고 온 듯 손에 커다란 대바구니가 들려 있었다. 전에 판사 댁에서 이미 선물 바구니의 위력을 알고 있었기에 드디어 나도 대단한 선물을 받는구나 싶어 내심 기분 좋았다.

"뭘 이렇게까지 준비하셨어요. 그냥 오시지 않고. 선물 감사합니다."

동양식의 겸손한 인사를 마치고 두 손을 내밀어 선물 받을 준비를 했다.

부인은 선물은 주지 않고 입안 가득 터져 나오려는 웃음을 간신히 참으며 아이들 방이 어디 있는가를 물었다.

"이 층입니다마는…."

나는 내민 손을 거두어들이지도 못하고 엉거주춤한 상태에서 부인을 쳐다보았다. 부인은 바구니에 시선을 주며 "아기를 넓히려고요." 했다.

아니, 이런 실수가. 머리를 세차게 얻어맞은 기분이었다. 바구니에 담긴 아기를 선물로 잘못 알고 고맙다는 인사까지 했으니. 얼굴이 화끈거려 견딜 수 없었다. 아기를 바구니에 눕혀 들고 다닌다는 것을 알지 못했다. 대단한 선물 바구니로 착각했던 판사댁 일화를 털어놓았다. 모두 구를 듯이 웃었다.

제2화

영국 갈비는 일품이다. 영국사람은 먹지 않는 갈비를 한국 주재원들이 싼값에 먹을 수 있도록 개발시켜 놓았다. 기름을 다 떼어 내고 살만 붙어 있는 것을 반듯반듯하게 잘라 놓아 찜이나 불갈비감으로 최고였다.

어느 날 아침 혼자 장을 보러 나섰다. 평소에는 주말에 남편과 함께 가는데 토요일은 정오까지만 문을 열기에 늘 분주하게 종종거려야 했다. 느긋한 마음으로 좀 먼 곳 킹스턴에 있는 부처(Butcher)까지 갔다. 내가 부처에 도착했을 때 서너 명이 줄을 서서 기다리고 있었다.

차례가 되자 갈비(Ribs of Beef)를 주문했으나 주인은 내 말을 알아듣지 못했다. 다시 정확하고 또박또박하게 '립스 어브 비프, 플리스' 했다. 그때도 못 알아듣기는 마찬가지였다. 얼굴이 확확 달아올랐으나 다시 용기를 내어 서너 번을 반복하다가 나중에는 하도 답답하여 내 갈비뼈를 손가락으로 그으며 '립스'를 외쳤다.

바로 그때 내 뒤의 노신사가 '오, 륍(Oh, Rib)' 하며 혀를 데구루루 굴리는 것이 아닌가. 오, 륍이었군요 하듯이 여기저기서 오, 륍을 마디씩 거든다. 륍(Rib)을 립(Lip)이라 발음했으니 못 알아듣는 게 당연했지만, 너무 무안하여 갈비고 뭐고 빨리 그 자리를 떠나고 싶었다. 다만, 나를 곤경에서 구해준 노신사에게는 감사의 인사를 차려야 할 것 같아 돌아서다가 비틀거려 그만 노신사의 구두를 밟고 말았다. 뒤돌아서며 보니 내가 미적대고 있는 동안 줄을 선 사람이 많아 당황했던 탓이다. 얼떨결에 나는 '땡큐, 땡큐 베리 마치'를 연발하고 있었다. 죄송하다는 말을 해야 하는데 내 의식 속에는 감사 인사만 생각하고 있었기에 인사를 바꿔서 했다. 부처를 어떻게 걸어 나왔는지 그 후의 일은 전혀 생각나지 않는다.

　당시, 영국에 거주하고 있던 한인은 대사관, 유학생, 지사, 상사를 합쳐 봐야 2천 명이 채 되지 않던 시절이었으니 누구에게 묻고 경험을 쌓고 할 개재가 아니었다. 평일에 런던 거리에서 한국 사람을 만나기 쉽지 않았다.

　이따금 실수도 해가면서 사는 동안 차츰 그 문화에 동화되어 편안해졌다. 한국인의 정체성을 잃지 않으며 외국인과 스스럼없이 살아가게 될 때쯤 되니 영국을 떠날 날이 임박했다. 영국의 전통에서, 문화에서 풍겨 나오는 정서가 나와 잘 맞아 삶이 보람되고 즐거웠으며 행복했기에 5년의 세월에 아쉬움을 남겼다. 내 인생의 여정에서 유럽이 없었다면 삶이 사뭇 달라졌을 것이다. 그곳에서 삶은 신이 내게 내려준 축복이었다고 확신한다.

지금 인생의 황혼, 고즈넉한 뜨락에 앉아 지난날을 돌아보게 되는 때이면 안개비 자욱이 내리던 런던이 그림처럼 떠오른다. 그곳은 내가 꿈꿨던 모든 것을 갖추고 있어 한 번 더 살아보고 싶은 날들이었음을 가슴 저린 그리움으로 고백하지 않을 수 없다.

수북이 쌓인 눈 속에서도 파랗게 솟아오르는 잔디를 보았을 때 경이로움. 머리 위에 검은 구름이 한 조각만 있어도 비를 뿌리고야 마는 신기함. 기도하는 자세로 경건하게 서 있는 높다란 주홍색 가로등, 그 불빛 사이로 아스라이 피어오르던 자욱한 안개는 가히 환상이었다. 템즈 강가 노란 수선화의 물결도 장관이었다. 물가에 비친 자신의 모습을 연모하여 빠져 죽은 나르시시스의 혼령인 듯 수선화가 무더기로 피어 있었다. 그 사이를 한유하게 노니는 백조의 무리. 야트막한 구릉에서 한가롭게 풀을 뜯고 있는 양 떼들의 모습은 살아 있는 전원의 풍경이었다.

몰라서 저지른 실수, 부끄러워 입 다물고 있던 실수도 추억 속의 그리움으로 표현할 수 있음은 세월이 많이 흘렀기 때문이리라. 누가 말했던가, 지나간 것은 아름답다고.

(2004)

은행나무 속잎 틀 때

집 근처 공원에 은행나무 두 그루가 사랑하는 연인처럼 마주 보고 있습니다.

가끔 들러서 쉬기도 하고 나무 사이를 걷기도 했으나 나무가 워낙 높게 올라가 있어 언제나 밑동만 보았습니다. 우람하고 키가 큰 나무들이 하도 많으니 내 키 정도에서는 잎도 볼 수 없었습니다.

공원에는 테니스 코트가 있고, 그네도 있고, 시소와 미끄럼틀이 있어 어른, 아이 할 것 없이 즐겨 찾습니다. 때로 그네를 타고 고개를 뒤로 젖히며 치기를 부려봅니다. 그네가 흔들릴 때마다 나무들이 쏜살같이 달음질치고 구름이 숨바꼭질합니다. 한낮을 떠들썩하게 누볐을 아이들의 목소리도 들려옵니다. 해 질 녘에는 군데군데 모여 앉아 게임을 하는 사람들이 있고, 담소하는 사람들도 있습니다. 주로 아르메니언 노인입니다. 저녁 한때에 볼 수 있는 한가로운 정경입니다.

이 봄에 서울에서 친구가 왔습니다. 친구는 사전에 철저하게 정보를 듣고 왔습니다. 해가 저물면 절대로 문밖을 나가서는 안 된다고 가족들이 신신당부하더랍니다. 이 동네는 위험하지 않다고 해도 막무가내입니다. 친구의 고정관념을 깨뜨리고 싶지 않아 해 질 무렵에 걷던 것을 아침 시간으로 옮겼습니다. 저녁놀을 볼 수 없어 아쉬웠으나 아침 산책은 신선한 공기가 상쾌해 새로운 맛이 있었습니다. 혼자 걸을 때와 달리 친구가 있으니 이야기할 수 있어 좋았습니다. 돗자리와 커피와 스낵을 준비했습니다. 등받이 의자도 실었습니다. 공원은 우리가 주인입니다. 아이들도 노인들도 보이지 않습니다. 평평하고 푹신한 잔디 위에 돗자리를 폈습니다.

밀린 이야기를 나누느라 족히 서너 시간이 지난 것 같습니다. 피곤했습니다. 등받이 의자에 비스듬히 기대어 기지개를 켜려고 팔을 올리고 고개를 젖히는 순간, 내 눈에 보인 것이 은행나무에 막 돋아나는 여린 잎이었습니다. 자세히 보지 않으면 보이지 않을 만큼 작은 잎들, 우리가 앉았던 곳이 마주 선 은행나무 사이였습니다. 나도 모르게 벌떡 일어섰습니다. 팔을 쳐들고 높이 뛰어 보았습니다. 은행나무가 하늘처럼 높아 잎이 손에 닿지 않습니다. 나는 멋쩍게 웃었습니다. 나에게 은행잎을 전해 주었던 친구가 곁에 있기에 잠시나마 옛 생각에 흔들렸던 내 마음을 보인 것 같아 부끄러웠습니다.

오래전, 서소문에 있던 병원에 친지 한 분이 위암으로 입원했습니다. 번화한 거리에 있는 그 병원은 문을 나서면 그대로 큰길로 연결되었습니다. 4월 초순의 밤은 아직 꽃샘추위의 그늘에서 벗어나지 못한 듯 무척 쌀쌀했습니다.

병원 문을 나서며 가망 없다는 친지의 모습이 눈에 밟혔고,

어느 방향으로 가야 쉽게 택시를 잡을지 몰라 잠시 망설이며 서 있었습니다. 그때 내 어깨를 슬쩍 건드리는 사람이 있었습니다. 길이 협소하고 워낙 번화가여서 행인이 건드린 줄 알았습니다. 방향을 잡고 몸을 돌리는 순간 하마터면 누군가와 부딪칠 뻔했습니다. 주춤거리다 뒤로 물러섰습니다. 그때, 귀에 익은 목소리가 귓전을 스쳤습니다.

"오랜만이군요."

처음에는 내 귀를 의심했습니다. 그럴 수밖에 없는 것이 거의 20여 년 만에 그를 만난 것입니다. 그는 안정감 있는 중년으로 변해 있었습니다.

"언제 오셨어요?"

눈이 펄펄 내리던 어느 해 겨울, 창경궁 식물원 근처를 수없이 돌며 내 마음을 아프게 하고 떠나간 사람. 현실을 외면할 수 없어 떠나보내야 하는 내 아픔을 그는 알기나 했을까요. 이듬해 그가 월남으로 떠났다는 소식을 들었습니다. 주월 한국군 사령부에서 통역장교로 근무한다는 소식. 그 후 본교에서 재직하다가 스톡홀름 대학의 교환교수로 출국했다는 소식도 들었습니다.

그가 내 앞에 서 있습니다.

가족 행사가 있어 잠시 귀국했다고 합니다. 세월의 강물 따라 너무 많이 흘러와 버린 지금 무슨 할 말이 있겠습니까. 수인사를 마치고 나니 말문이 막혔습니다. 서 있기가 민망했습니다. 무심결에 하늘을 올려다보았습니다. 그때, 오색찬란

한 네온사인을 덧입고 까만 비로드가 깔린 하늘을 향해 작은 손을 흔들고 있는 은행잎을 보았습니다. 이제 막 속잎이 튼 듯 아주 작았습니다. 얼마나 신선하고 신비하게 보였는지요. 나는 그에게 아름다운 풍경화 한 점을 선물하고 싶었습니다.

"저것 좀 보셔요?"

하늘 사이로 보이는 작은 이파리들이 살랑거리며 뭔가를 속삭이는 것 같았습니다.

찰나적으로 스쳐 가는 것은 아름답습니다. 별똥별이 빛의 꼬리를 길게 흘리며 어둠 속으로 사라질 때, 하늘에 걸려있는 무지개의 영롱함을 볼 때, 아침 이슬이 잠시 반짝이다 스러질 때, 아쉽습니다. 짧은 만남은 긴 여운을 남겨 줍니다.

그해 여름, 우리 가족은 영국으로 이주했고 5년 만에 잠시 귀국했을 때 친구가 나에게 조그마한 선물상자를 주었습니다. 그가 5년 전에 전해 주고 떠났다고 했습니다. 떨리는 마음으로 뚜껑을 열었습니다. 투명한 셀룰로이드 사이에 파란 은행잎 일곱 개가 얼굴을 내밀었습니다. 이제 막 돋아난 것같이 작고 여린 속잎입니다.

그날 밤, 자신을 향해 손을 흔드는 은행잎을 두고, 그도 차마 떠나기 쉽지 않았던 것 같습니다. 내가 그에게 주었던 풍경화 한 점이 다시 나를 찾아온 것을 보면. 그도 나처럼 은행나무 속 잎 트던 밤을 가슴에 담아 둔 것 같습니다.

먼 기억 속의 은행나무를 친구와 함께 바라보고 있습니다.

(2003)

아들의 고향

자신이 태어나 성장한 곳을 고향이라고 한다 태어나지 않았다 헤도 살아가며 잊히지 않는 곳을 고향이라고 말하는 사람도 있다. 고향은 어머니 품속처럼 포근하고 황금물결을 이루는 황혼의 들녘같이 정겹다. 살다가 힘들고 지칠 때면 고향을 찾고 싶다. 물씬 풍겨오는 흙냄새가 향긋하고 공기마저 다디단 고향. 인정과 그리움이 있기에 우리 본성이 태어난 곳으로 향하는 것이 아닐까 싶다.

고향 하면 일반적으로 농촌을 생각하는 사람이 많다. 집 뒤에는 야트막한 동산이 있고 밤이면 산 위로 달이 떠 오르고, 초가집 지붕의 박꽃이 달을 향해 그리운 가슴 살포시 열어 보이는 곳. 집 앞 가까운 곳에 맑은 시내가 흐른다면 더없이 좋겠고 푸른 들판에서 어린 송아지가 '음 메―'하고 어미 그리워 우는 그런 관념적 정경을 생각한다. 도시에서 태어난 사람들이 고향이 없다는 말을 곧잘 하는 것도 그 같은 이미지에서 기인한 것 같다.

내가 태어난 곳은 서울이지만 마음의 고향은 개성이다. 어려서부터 6·25전쟁이 나기 전까지 방학 때면 으레 할아버지

댁에서 한 달간 머물다 왔다. 그래서인지 내 유년 시절을 추억하면 고장 난 시곗바늘처럼 늘 개성 친가에 고정되어 있다. 송악산 기슭의 평화로운 마을, 집 뒤란에서는 앵두가 빨갛게 익어가고 연꽃이 눈을 뜨는 연당 옆으로 삼포밭이 끝없이 펼쳐져 있던 보랏빛 꽃 동네, 송씨가 많다고 하여 이름 지어진 송촌 마을이다.

첫아이가 태어나고 6개월 후에 화곡동으로 이사했다. 그때 화곡동은 겨울잠에서 막 깨어난 계절과 맞물려 신도시가 한창 이루어지고 있었다. 사람의 손이 닿지 않은 자연 그대로의 자연 속에 전원도시를 이룩해 놓았다. 빨강 파랑 지붕을 머리에 이고 옹기종기 모여 있는 400여 채의 집들이 마치 동화 속 이야기 같았다. 신문은 이곳을 멋지게 광고하여 내 흥미를 끌었다.

'전설적인 전원의 도시 화곡동'. 로맨틱한 슬로건을 내세운 국민주택의 선전 광고이다.

10여만 평의 대지에 핵가족이 살기에 알맞게 현대식으로 주택을 지어 놓았으니 복잡한 도시를 떠나 이곳 전원주택으로 오라는 슬로건이다. 집을 사려는 계획이 전혀 없던 때였으나 이색적인 타이틀에 매료되어 상상의 날개를 타고 전설 속을 오르내렸다. 뜻이 있는 곳에 길이 있다는 말대로 드디어 제비가 박 씨를 물어다 주었다. 시숙께서 주택을 분양받아 우리에게 주셨는데 예의 그 전원주택이었다.

이사 온 집 주위는 별천지였다. 뒤쪽에 등산하기 알맞은 낮은 산이 있고, 산 밑으로 작은 개울이 흘러서 아이들이 물 장난치며 놀기에 마침이었다. 인근 산에서 들려오는 뻐꾸기의 청아한 노랫소리가 신선하고 개나리로 울타리 쳐진 딸기 농장에서 하루가 다르게 익어가는 딸기가 바람 불 때마다 달콤한 향기를 실어다 주었다. 무엇보다 아이와 함께 딸기를 직접 따서 사 오는 것이 재밌었다.

불편한 점도 있었다. 교통수단과 도로가 포장이 안 되었다. 신도시라 잘 알려지지 않아 화곡동을 모르는 사람이 많고, 시내에 나갔다 들어올 때 택시를 잡으면 거절하기 일쑤였다. 웃돈을 얹어 주어도 빈 차로 나온다며 달가워하지 않았다. 초창기에는 버스도 하루에 몇 차례만 드나들었다. 논을 메워 세운 도시라 비가 오면 아스팔트가 깔린 큰길가를 제외하고는 발이 푹푹 빠졌다. 오죽했으면 마누라 없이는 살아도 장화 없이는 못 살겠다는 우스갯소리가 나왔을까마는 불편함은 동적일 때뿐이고 자연 속에서 사는 정신적 풍요가 삶의 생기를 더했다.

새집으로 이사 오고 몇 달 후, 첫아이 생일을 맞았다. 나무 한 그루 없는 텅 빈 마당이라 첫돌 기념으로 흑장미 묘목을 심었다.

첫돌 기념 식수 '장미 1호'가 탄생하였다.

그때부터 아이들의 입학이나 가족의 생일, 집안의 경사 등 축하할 일이 있을 때마다 나무를 심어 해를 거듭할수록 정원에는 나무가 무성했다. 대문에 아치를 이루고 기어오르는 노란 줄장미가 탐스럽고 그 아래 사열하듯 줄지어 선 빨간 미니 장미가 앙증스럽다. 채송화로 울타리 친 꽃밭에 활련화, 봉숭아, 분꽃, 베고니아가 곱고 목련, 라일락, 흰 철쭉, 향나무, 진달래가 있어 우리 집 정원은 한 폭의 수채화처럼 아름다웠다.

첫 번 피는 장미는 크기가 어른 주먹만 하다. 꽃대를 쭉 올리며 겹겹이 포개진 꽃잎을 조금씩 열어 보일 때 그 아름다움을 어찌 말로 다 표현할 수 있을까. 바람이 불지 않아도 은은히 스치는 향기가 온 집안에 스민다. 장미는 비를 만나면 맥을 못 춘다. 커다란 꽃잎 사이사이로 스며든 물의 무게를 감당하지 못하여 고개를 떨군다.

처음 몇 해는 비를 맞아 축 늘어져 있는 꽃을 보면서 속수무책으로 안타깝기만 했다. 피자마자 비가 온다든지 날씨가 조금만 꾸물거려도 걱정되었다. 고심 끝에 비가 밤중이나 갑작스럽게 내릴 때는 어쩔 수 없으나 예보가 있을 때는 미리 비닐봉지로 장미꽃을 싸서 묶어 놓았다. 그 일도 수월한 것은 아니었다. 어느 때는 비를 흠뻑 맞아가며 작업하다가 감기가 들었고 서둘다가 가시에 찔려 고생한 적도 있었다. 또 다 싸놓고 나니 오후에 해가 쨍쨍해서 푸느라 애썼으나 효과를 본 때가 더 많았다. 나의 장미 싸기는 기쁨의 작업이었다. 아마 모르기는 해도 부모님께 이런 정성을 들였다면 효녀상은 떼어 놓은 당상이었으리라.

가랑비가 내리던 어느 오후, 외출에서 돌아오는데 골목길까지 누나의 음성이 들렸다.

"감기들면 어찌하려고 그래, 어서 방으로 들어가자. 엄마 오시기 전에 옷 갈아입어야지."

누나 이야기로는 유치원에서 돌아온 큰아이가 옷도 갈아입지 않은 채 "누나, 비와." 하면서 우산을 꺼내서 장미꽃을 받쳐주고 있더란다. 온몸이 비에 젖어 덜덜 떨면서도.

아이는 나를 보자 울음보를 터뜨렸다.

"엄마같이 할 수 없었단 말이야."

비가 올 때마다 곁에서 비닐과 끈을 집어주던 큰아이는 엄마가 하던 일이 생각나는데 혼자서 어쩔 수가 없으니 우산을 받쳐 들고 서 있었다. 그날 나는 장미 1호 앞에서 울고 있는 아들의 마음이 예뻐 한동안 말없이 꼭 끌어안아 주었다.

동네 화원 앞을 지날 때면 큰아이는 곧잘 이런 말을 한다.

"엄마, 꽃은 참 예뻐 그치."

말간 얼굴로 나를 올려다보며 대답을 기다린다.

"엄마는 우리 아들보다 더 예쁜 꽃을 보지 못했네."

그럴 때면 잡은 손을 세차게 흔들며 씩씩하게 걷는다. 아들이 무척 귀엽다.

우리 집 마당의 나무들은 각각 주인이 다르다. 나무마다 고유의 번호와 이름표를 걸어 놓았다. 언제 어떤 일로 한 식수인지 간단하게 적어 놓았다. 식구들은 자신의 나무에 물을 주고 풀도 뽑아주며 정성을 기울였다. 그래서였을까. 정원에 서면 꽃들의 맑은 숨소리가 들리는 듯했고 향기로운 미소가 노래처럼 번졌다.

　큰아이가 4학년이 되었을 때 우리는 지난 10여 년간 꿈을 키워온 화곡동 집에서 서교동으로 이사했다. 아이들이 고학년이 되면서 통학 시간을 줄이기 위해 학교 근처로 갔다.

　"엄마, 꽃나무도 가져가나요?"

　"아니, 우리가 이사 갈 집에도 나무가 많아 두고 가기로 했어."

　큰아이는 동네 친구들과 헤어지는 것도 싫었지만, 자신의 이름표가 달린 나무들을 두고 가는 것이 더 섭섭한 것 같았다. 그것은 나무마다 사연이 있고 그 나무와 함께 커왔기에 정이 든 탓이라고 단순하게 생각했다. 이사 가기 전날, 큰아이는 자신의 나무에서 번호와 이름표를 떼어 보물 주머니에 넣었다. 뒷모습이 쓸쓸해 보였다.

　새로 이사 간 집에는 마당 한쪽을 다 차지할 정도로 커다란 등나무가 있었다. 마침 우리가 이사할 때 등꽃이 활짝 피어 바람이 불 때마다 보랏빛 물결이 출렁거렸다. 정원 중앙에 자리하고 있는 사과나무에는 아직 익지 않은 화초 사과가 한 꼭지에 5, 6개씩 열려있어 파란 등을 달아 놓은 것처럼 운치가 있다.

　큰아이는 새집에 별로 관심이 없었다. 커다란 방을 쓰기 편하게 꾸며줬으나 좋아하는 기색이 없었다. 가끔 주말이면 외출했다가 돌아왔고 그런 때면 옛 동네에 가서 우리가 살았던 집도 보고 친구도 만나는 듯싶었다. 해가 바뀌고 늦추위가 심했던 어느 일요일, 종일 집을 비운 큰아이가 땅거미가 질 때쯤 들어왔다.

"엄마, 우리 집은 없어지고 커다란 이층집이 생겼어. 나무도 다 없어지고."

신을 벗지도 못한 채 황급히 뛰어 들어온 큰아이 입에서 나온 말이다. 떠나온 곳의 변화된 모습에 자신의 추억이 없어진 것 같았을까. 이만큼 성장하기까지 함께했던 공간이 한순간에 사라져 허무와 충격이 컸던 것 같다. 아들은 실망스러운 눈빛으로 나를 보다가 방으로 들어갔다.

아들은 우리가 두고 온 것에 아무런 권리가 없음을 안다. 다만 그곳에 두고 온 마음을 다스리기 어려웠던 것 같다. 방문을 노크했으나 반응이 없다. 저녁도 거른 채 그냥 잠이 들었는지 아침이 될 때까지 나오지 않았다. 그날 밤, 나는 아들의 흐느낌을 꿈속에서 들은 것 같다. 그제야 비로소 이사 올 때 첫돌 기념 장미 1호와 몇 그루의 장미를 챙겨오지 못한 것을 후회했다.

"엄마, 꽃나무도 가져가나요?"

아들의 말이 다시 가슴을 파고든다.

"내가 내 장미꽃을 위해 보낸 시간 때문에 내 장미가 그토록 소중해진 것, 내가 물을 주어 기른 꽃이니까, 내가 직접 덮개를 씌워주고 바람막이로 보호해 주었고, 벌레를 잡아준 것이 그 장미꽃이니까."

생텍쥐페리의 어린 왕자가 왜 이제야 생각나는 걸까.

우리 가족이 이곳에 산 지 10년이 되던 해에 장성한 아들과 함께 서울엘 갔다. 나는 어머니 뵈러 자주 다녔으나 큰아이는 미국으로 온 후, 처음 나선 나들이였다. 아들은 옛 친구들과 어울리느라 분주한 가운데도 어느 날인가 화곡동을 다녀온 듯싶었다. 눈에 익은 건물은 화곡초등학교뿐이라고 담담하게 말했다.

이제 아들은 어렸을 때처럼 고향을 잃었다고 생각하지 않는다. 가뭇없이 사라진 옛집이 허망하여 울먹이던 슬픈 눈망울의 소년은 이미 아니다. 유년의 꿈을 키워온 그곳이 낯설게 변한 현실에, 잃어버린 동심이 안타까워 입을 다물고 있던 시절은 오래전에 지났으니까. 이제는 담담한 마음으로 예전에 살았던 곳이 보고 싶었던 것 같다. 그 학교에 다녀본 적은 없으나 유일하게 화곡초등학교가 남아 있다는 위로를 받으며.

비록 눈에 보이던 고향의 모습은 사라졌지만, 마음속의 우리 집은 갖가지 장미가 많아 장미의 집이라 불리던 곳, 커다란 그네에 앉아 이야기꽃을 피우고 노을을 보며 황홀해하던 곳, 밤이 맞도록 별을 세며 별들의 이름을 불러 보던 곳, 정원 한 귀퉁이에 어쭙잖게 놓여 있던 미끄럼틀 모래밭에서 강아지와 함께 뒹굴며 지내던 곳이기에 추억 속의 그리움으로 남아 있을 것이다. 그것은 아이들이 어릴 때 몸과 마음이 자라며 처음 접한 곳이었고 꿈꾸고 자라던 시기였기에 소중히 간직되어 있을 것이다. 유년 시절은 영원한 마음의 고향, 향수가 사무칠 때면 돌아갈 마음의 고향이 있다는 것, 오랜 시간이 흐른 후에도 마음 깊숙한 곳에 아들의 고향은 예전의 모습으로 살아 있을 것이다.

훗날 아들은 자녀에게 아빠의 고향 이야기를 들려주겠지. 안개빛 눈망울이 되어 기억 저 너머를 더듬으며 행복한 동심 속에 빠져 있겠지. 워즈워스의 시 '무지개'가 진리처럼 다가오리라.

어린이는 어른의 아버지니까.

(1999)

인생은 불공평한 것

큰아들 내외가 결혼 5주년을 맞았다.

아들 내외는 5주년에 특별한 의미를 두었는지 우리를 초대
했다. 그 마음이 고마워 정성껏 꽃바구니를 만들었다. 며느리
가 좋아하는 연분홍색 장미를 아들과 며느리 나이만큼 담았
다. 예쁘고 소담하고 풍성했다. 꽃바구니가 흔들릴까 봐 연방
뒷좌석을 돌아보느라 목이 뻣뻣해도 즐겁기만 하다. 아들 집
이 가까울수록 가슴이 설렌다.

미션비에호 아들 집 주변은 그림같이 아름답다.

동네가 조용하고 넓은 공원이 많아 산책하기 좋다. 싱싱한
연초록의 잎사귀들이 도심에서 자란 나무와 빛깔이 다르다.
바람도 녹색을 띠었는지 어딜 봐도 푸르다. 2년 전 이 집으로
이사 왔을 때나 지금이나 아들 집 문 앞에 서면 기도가 절로
나온다. 아늑하고 평화로운 곳에 보금자리를 주신 분께.

아들 집 거실은 넓고 시원하다.

음계처럼 늘어져 있는 커튼과 벽에 걸려있는 한 쌍의 도자
기가 장식 전부다. 그리스, 로마 신화를 연상케 하는 용사가

그려진 도자기. 영국 살 때 앤틱 박람회에서 산 것인데 거실 분위기와 잘 어울린다. 아들 내외가 신혼여행 중이었을 때 집 안에 도둑이 들어 눈에 보이는 물건은 모두 가져갔기에 안쓰러워 걸어준 그림이다.

오랜만의 방문인데 별로 변화가 없다. 음악 시스템만 조금 갖추었을 뿐. 앰프와 음반을 다 잃고 무척 서운했을 텐데 쇼팽이 제일 먼저 자리를 잡았다. 아들은 쇼팽을 무척 좋아한다. 오래전 학기를 미치고 집에 와 있을 때였다. 간식을 들고 방을 노크했는데 쇼팽이 흐를 뿐 기척이 없다. 잠시 후, 문이 열렸다. 아들은 겸연쩍게 웃으며 음악의 볼륨을 낮췄다. 눈에 물기가 어려있었다. 아름다운 시정과 정서가 어우러지는 프렐류드 15번이 방울져 내리고 있었다.

부엌에서 로스트 비프 구워지는 냄새가 허기를 부른다. 소곤거리며 뭔가를 준비하는 아들 내외의 분주한 움직임이 보기 좋다. 이 집에서는 말 소리가 거의 들리지 않는다. 속삭임만 있을 뿐이다. 말러의 교향곡이 오후의 고요 속에 잠긴다.

6년 전 아들 내외가 신혼여행에서 돌아오는 날이다.

며칠 전부터 준비해서 만들어 놓은 음식들, 식탁에 올려놓기만 하면 되는데 공연히 분주하다. 공항에서 이미 도착을 알렸고 집에 들러 짐을 부려 놓고 오겠다고 한 지 세 시간이 지났다. 불안해서 연락해볼까 망설이고 있을 때 전화벨이 울렸다.

"엄마, 우리 집에 와주셔야겠어요." 음성이 지나치게 차분하다.

"왜 아직 안 떠났어. 무슨 일 있니?" 아직 아무것도 아는 것이 없는데 가슴이 두 방망이질 한다.

"도둑이 들었어요. 우리가 여행 간 사이에⋯." 전화기를 든 손에 힘이 빠진다.

코스타메사에 둥지를 튼 아들 내외는 신혼여행을 떠나기 전, 집 안팎을 꼼꼼하게 챙겼다. 2주간의 크루즈여행이기에 저녁이면 시간에 맞춰 등이 켜지도록 해 놓고 현관과 창문에 특수 보안장치를 했다. 알람을 부착하려 했으나 그곳에서 오래 살았다는 친구 말이 이제껏 불미스러운 사건이 발생하지 않았다 하여 그만두었다. 이따금 집을 돌봐 달라고 부탁했으나 '알았다.'는 말로 안심시키고 가지 않았다. 왕복 120마일이 넘고 남편 퇴근길을 이용해야 하는데 그 시간대는 교통 혼잡이 심하다.

아들 집으로 향하는 길고 긴 시간 동안 가슴이 너무 아파 숨을 몰아쉬었다. 내가 약속을 지키지 않아 생긴 일 같다. 누군가 난입해 아직 시작도 하지 않은 보금자리를 휘젓고 갔다는 것을 어떻게 받아들일 수 있단 말인가. 이제껏 살아오면서 신혼여행에서 돌아와 보니 도둑이 들었더라는 말을 들어본 적이 없다. 불길한 생각이 스친다. 모든 것이 하나님의 뜻이고 그 주관하에 달렸음을 평소 굳게 믿는데 그런 생각을 떨쳐

버릴 수 없었다.

"인생은 불공평한 것. 그것에 익숙해져라.(Life is unfair. Get used to it)"라는 말이 이렇게 가슴에 와닿을 수 없다.

아들 집에 도착하니 실내가 몹시 어질러져 있었다. 집을 돌봐주지 못한 미안한 마음 때문에 아들 내외를 정면으로 쳐다볼 수 없었다. 바람조차 건드리지 않는 정적이 잠시 흘렀다.

여행에서 돌아와 열쇠를 넣고 돌리려는 순간 문이 스르르 열리더란다. 얼마나 놀랐을까. 기가 막혔을까. 남가주 11월은 우기의 시작이다. 아들 내외가 크루즈를 떠나고부터 폭풍을 동반한 비가 무척 많이 내렸다. 코스타메사 그 동네는 나무가 많고 아들 집 정원에도 큰 나무가 몇 그루 있어 외부에서 보면 집이 반 이상 가려진다. 도둑은 그것을 이용한 것 같다. 테라스의 대형 유리문이 통째로 뜯겨 있었다. 견고하게 만든 창틀이라 뜯어내기 수월치 않았을 텐데 빗소리를 이용한 것 같다는 경찰의 견해란다. 테라스로 들어와 현관으로 당당하게 나갔다.

늦게 결혼한 아들은 집을 떠나 혼자 살던 10여 년 동안 제법 살림을 갖추어 놓았다. 음악을 좋아해 앰프의 질을 높였고 수백 개의 6~70년대 싱글 앨범과 LP는 오랫동안 수집한 것으로 영국에서부터 가지고 있었던 음반들이다. 그 외에 손때가 묻어 있는 가구와 소장품들이 사라졌다.

언젠가 아들은 내게 이런 말을 했다. 세상에서 돈으로 해

결할 수 있는 일이 가장 쉬운 것이라고. 살아가며 인간의 힘으로 해결할 수 없는 것이 얼마나 많으냐고. 생명을 돈으로 살수 없고 진실과 희망에 값을 지급할 수 없다고. 그런 신념으로 살아가기에 주어진 현실을 그대로 받아들이며 더 나쁜 상황으로 치닫지 않은 것을 다행으로 여기는 것 같다. 허탈함이야 이루 말할 수 없겠으나 잃어버린 물건에 대한 애착을 드러내지 않았다. 브리태니커 백과사전(Encyclopedia Britannica)을 비롯해 서재에 빼곡히 꽂혀있는 책들이 그나마 손을 타지 않은 것을 다행으로 여겼다.

신혼이기에 품을 수 있는 꿈이 있었을 것이나 자신들의 현재 위치에서 그것을 초월하려 노력하는 모습이 역력했다. 인생의 여백 속에 있는 어려움을 일찍이 체험했던 때문일까. 꿈에 부풀어 서둘러 가던 발걸음이 진지하게, 사유하는 삶이 되었다. 이런 아들 내외의 모습이 무척 여유 있게 돋보였다.

은은한 호박 빛 촛불이 정다운 대화를 나누듯 너울거린다. 삶의 향기가 맑고 싱그럽게 피어난다. 축하와 감사의 기도가 이어진다. 잘 구워진 로스트 비프에 욕셔 푸딩이 입맛을 돋운다. 첫 만남이었을 때처럼 발그레 상기된 아들 내외의 표정이 보기 좋다. 오늘 결혼 5주년을 맞는 이 가정, 감사하게 보낸 시간이 꿈과 기도로 잘 가꾸도록 시인의 염원을 나의 소망에 담는다.

언제나

쉼 없이 흐르게 하소서.

맑은 물이 고여 시냇물이 되어 흐르고
강물이 되어 바다를 이루게 하소서.

한마음으로 있으나
변화와 새로움으로 출렁이게 하소서.

아름다운 마음과 따스한 시선으로
모두의 마음 감동의 강물이 흐르게 하소서.

고운 선율 속에
영혼의 기쁨과 환희의 물결이 넘치게 하소서.

(2006)

입양 손자 윌리엄(1)

근래 소식이 뜸하던 작은아들로부터 전화가 왔다. 안부가 궁금하여 여러 차례 전화했으나 연결되지 않더니 오랜만이다. 아들 내외는 직장에 휴직계를 내고 캔자스로 가서 산모 가족과 함께 지내다 왔다고 한다. 출산이 임박한 산모의 보호자 자격으로 산실에 들어가 탯줄을 자르고 아기를 품에 안았을 때 눈물이 나더라 했다. 팔딱팔딱 뛰는 어린 심장의 박동이 가슴으로 전해졌을 때 생명의 신비에 감동하여 감사 기도를 드렸단다. 아들 내외는 산모의 서운함을 덜어 주고 모유도 공급받으며 여유 있게 머물다 왔다고. 2주쯤 후에 아기의 사진을 보내왔다. 건강해 보이는 남자 아기, 흑인 특유의 넓적한 코가 잘생긴 귀여운 아기다.

몇 년 전 아들이 양자를 들이고 싶다는 말을 언뜻 내비친 적이 있다. 그 후 잊고 지낼만하면 드림없이 불쑥불쑥 이야기를 꺼내더니 지난해 성탄절 가족 모임 때 곧 아기를 데려올 수 있을 것 같다고 말했다. 911테러 이후 외국에서 들어오는 아기를 잠정적으로 금하고, 백인은 입양아가 거의 없어 아무래도 아기를 많이 낳는 흑인일 가능성이 높다고 한다.

나는 흑인이라는 말에 놀라 '뭐 흑인?' 하고 반문했다. 아들 내외는 인종에 대한 편견이 있느냐는 듯 눈을 커다랗게 뜨고 쳐다본다. 편견까지는 아니더라도 내 의식 속에 동양 아이일 것이라는 막연한 믿음이 있었다. 잠시 할 말을 잃었다. 침착한 아들 내외가 몇 년을 두고 심사숙고하여 결정한 일일 텐데 지금 내 말이 무슨 효력이 있을 것인가. 그저 마음이 착잡할 뿐이었다.

미국에서는 사생활에 대해 일절 묻지 않는 것이 상식이지만 며느리는 백인이고 아들은 동양인인데 아기가 흑인이라면, 여기까지 생각이 미치자 혼란스러워진다. 아들 내외는 선뜻 환영의 의사를 표하지 않는 엄마를 이해할 수 없다는 듯 고개를 가로젓는다. 가난하고 기를 능력이 없어 불쌍하게 자랄 아이, 데려와서 잘 키워주고 싶다는데 왜 엄마의 표정이 저럴까? 아들 내외의 얼굴에 난감한 빛이 어린다.

아들 내외의 뜻은 더할 나위 없이 훌륭하나 가장 자연스러운 가족 구성은 동양 아기이거나 백인 아기가 들어와야 할 것이다. 한 가족의 피부색이 제각기 다를 경우 주위에서 받는 시선을 의식하지 않을 수 없다. 혹시 아이가 자라면서 가족 구성 탓에 주변 아이들에게 놀림을 받지나 않을까 하는 걱정도 없지 않다. 집안일을 하다가도 이유 없이 우울해질 때 그 근원을 찾아가면 거기에 도사리고 있는 것이 입양 문제다. 한국에 계신 시어른들을 어떻게 이해시킬 것인가. 아직도 시댁에서는 봉제사 받듦이 조상에 대한 예의로 알고 계신 완고한 분들인데 핏줄이 다르고 피부색마저 다른 그 아이를 쉽게 이해하고 받아들일 것 같지 않아 걱정이다. 이제까지 아기 없이도 잘 살았는데−. 이런 생각도 들었지만 이미 우리가 모르는 사이에 많은 상담을 거쳐 준비하고 진행했기에 더는 아무 내색 하지 않았다.

아들 내외는 자신들이 입양하는 아기이니 모든 결정은 본인들이 할 수 있다고 생각하여 의논 없이 진행했다. 10살에 영국으로 가서 살면서 한국 사람을 접해보지 못했고 미국에 와서도 부모 이외에는 한국 사람을 만날 기회와 환경이 되지 않았다. 가족 이외에 단 한 사람의 친족이 없다는 것, 서로 왕래하며 부딪치며 한국 생활 습관과 전통을 자연스럽게 익힐 기회가 없었다는 것이 가장 큰 이유일 것 같다. 방학 때 잠시 집에 오는 것 말고는 학교 주변에서 생활했으니 개인주의가 팽배해 있는 전형적인 미국 청소년으로 성장했다. 전 학년 장학생으로 학업에 충실했고 지금은 샌타바버라 대학에서 근무하고 있다. 사리가 분명한 아들이기에 외관적으로 참견할 수 있는 처지도 아니었다. 그저 가슴만 끓이고 있을 뿐.

입양을 생각한 결정적인 원인은 아내를 사랑하는 남편의 마음에서일 게다. 아들 내외는 같은 대학 출신이다. 샌타바버라에서 오랜 교분을 유지했으니 며느리의 특이한 체질을 전부터 알고 있었을 것이다. 며느리는 꽃가루와 음식 알레르기가 심하다. 불어를 전공한 며느리는 졸업 후 파리에서 근무하고 있었으나 건강이 나빠져 2년여쯤 후에 미국으로 돌아왔고 곧 결혼했다. 알레르기 처방약을 계속 먹어야 하기에 아기 갖기가 어렵다. 음식도 가리는 것이 많아 몸이 약하기에 그 건강 상태로는 출산에 무리가 따를 것이다.

그런 전후 사정을 전혀 몰랐던 나는 결혼한 지 5년이 지나도 아기가 없자 넌지시 아들에게 물어보았다. 더구나 며느리가 아들보다 3년 연상이고 초산이 늦어지면 힘들 것 같아 배려하는 마음으로 조심스럽게 속내를 떠봤다. 그때 아들은 분명한 어조로 '그런 물음은 실례'라 하여 입을 다물게 했다. 부모가 자식의 2세를 기다리며 묻는 것이 실례라 하니 교양있는 어머니로 남으려고 다시는 아기에 대한 말을 꺼내지 않았다.

그즈음 미국 대기업의 부사장 부인인 조안 여사의 인터뷰를 보았다. 자신의 자녀가 있음에도 지체부자유 어린이 6명을 입양했는데 그중 3명이 한국 아이라 한다. 남편이 회사 중역이어서 가정 경제를 감당할 수 있어 다행이라 했다. 8자녀를 보살핌이 쉽지 않은 일인데 그들 덕분에 기쁘고 보람있게 살 수 있어 행복하단다. 조안 여사의 인터뷰는 내 안에 일고 있던 갈등을 단번에 날려 보낼 수 있을 정도로 깊은 감동을 주었다. 내 생각이 너무 편협했던 것 같아 부끄러웠다.

아들네가 양자를 들이는데 5년여 세월이 흐른 것은 까다로운 조건 때문이다. 반드시 아기의 양부모가 있어야 하고, 출산 시 아들이 탯줄을 끊기 원해 그런 조건이 쉽지 않았다. 몇 년 동안 아기를 찾느라 경비도 만만치 않게 들었고 입양기관에서 애쓴 보람이 있어 마침내 아들네 조건에 맞는 아기를 찾아주었다. 결혼한 지 5년이 지나면서부터 양자를 생각하던 아들 내외는 세월을 기다리며 찾은 끝에 결혼 10주년 선물로 아들을 얻었다.

William Tedros Yu. 내 손자 이름이다. 윌리엄의 법적 책임은 부모와 같이 큰아들도 져야 했다. 그럴 리야 없겠으나 만약에 작은아들 내외에게 사고가 생겨 양육할 수 없을 때 큰아들 내외가 Legal Guardian이 되어 아기를 책임진다는 쉽지 않은 법적 사인을 했다. 캔자스의 작은 마을에서 태어난 어느 가정의 일곱째 아기가 작은아들네 장남으로 이런 과정을 거쳐 입양되었다. 아직 아기를 보지 못했으나 추수감사절 즈음에는 만날 수 있을 것 같다.

입양 문제를 꺼냈을 때 기쁘게 받아들여 칭찬해 주고 격려해 주지 못한 것이 마음에 걸린다. 우리나라가 핏줄을 얼마나 따지는 민족인가. 나도 모르는 사이에 단일 민족이라는 뿌리의식이 깊이 박혀 있었던 것 같다.

6·25전쟁 이후, 우리나라는 전쟁고아가 많아 고아 수출국이라는 불명예스러운 말을 들었다. 수많은 고아가 미국을 비롯한 세계 각국으로 입양되었다. 그들이 먼 동양의 피부색도 다른 아기를 입양하여 자신들의 아기처럼 귀하게 키울 때 그들을 훌륭하게, 고맙게 생각했는데 막상 내게 닥치니 선뜻 'Yes'가 나오지 않았다.

잠시 하나님께서 맡기신 아기이기에 사랑해 주고 보살펴

주고 정성을 다해 키워서 어엿한 사회인으로 내보내고 싶다는 아들 내외의 생각이 더할 수 없이 기특하다. 나는 생각지도 못했던 인류애를 아들 내외가 실천하고 있으니 대견하다.

이제 내가 할 일은 기도하는 일, 윌리엄이 건강하고 바르게 잘 자랄 수 있도록 더욱 기도에 힘써야겠다. 사랑스러운 손자를 주신 하나님께 감사드린다. 아들이 입양을 생각했을 때의 소망대로 그 가정의 꿈나무로 튼실하게 자라 사회의 한 개체로서 성숙한 삶을 살 수 있게 되길 바랄 뿐이다.

(2005)

서나 가든의 촛불

하루가 저물며 서서히 땅거미가 내릴 때쯤이면 버릇처럼 집을 나선다. 빛과 어둠이 교차하는 시간. 사물이 희미하게 실루엣만 보이는 이 저물녘의 산책을 나는 좋아한다.

전에는 주로 아침 시간에 걸었으나 언제인가 노을의 황홀경에 취한 후부터 해 질 무렵이면 누군가 나를 부르는 것 같은 충동이 인다. 진줏빛 분홍과 선홍색의 노을이 함께 어우러져 장관을 이루고 차츰 검붉은 잔영을 남기며 스러져가는 빛의 그림자 속에 빠져듦도 좋다. 어스름이 안개처럼 퍼지기 시작하면 별이 하나씩 눈을 뜨듯이 여기저기 주택가에서 빛이 살아난다. 세월 저편, 어느 창가에서 보았든 감동의 불빛이 그리움 되어 어른거리는 것도 이 저물녘이다.

우리 가족이 영국에서 살 때이다. 처음 자리한 곳이 '선버리 언 템즈'(Sunbury on Thames)로 런던에서 약 15마일 떨어진 도시였다. 집을 소개하는 사람의 권유에 따라 그곳까지 들어갔는데 안정감 있는 조용한 주택가였다. 우리가 살던 집은 지은 지 127년이 되었다고 하는데 바람이 심한 겨울에도 틈새가 없이 견고했다.

그 동네의 집들은 모두 고색창연하여 자연의 일부처럼 보였다. 몇백 년은 족히 됨직한 고목이 집 앞 양쪽 길에 가로수처럼 이어져 있고, 울창한 잎들이 아치를 만들고 하늘을 덮어 터널을 이루었다. 그때 남편은 퇴근 시간이 일정하지 않아 늦는 날이 많기에 아이들에게 일찌감치 저녁을 차려 주고 황혼녘이면 동네를 걸었다. 3분 남짓에 템즈 강이 있어 산책하기 좋았다.

어느 닐, 처음으로 강변길 '서나 가든(Sunna Gardens)'을 따라 걷다가 우연히 창가에서 식사하는 노부부를 보았다. 자주색 우단과 흰색 레이스가 겹쳐진 커튼이 보기 좋게 드리워진 창가였다. 촛불이 식탁을 밝혀 주어서인지 실내가 아늑해 보였다. 이야기를 주고받으며 식사하는 표정이 무척 평화로웠다. 그들의 식사는 내가 1시간 남짓 걷고 다시 그 창가를 지날 때까지 계속되었다. 갓 결혼한 신혼부부가 연상될 정도로 행복스러운 모습이었다.

분위기가 하도 멋져, 마치 어느 영화의 한 장면을 보는 것 같았다. 알 수 없는 감동이 일었다. 촛불을 켜놓고 식사한다는 것을 상상이나 해 보았을까. 아마도 특별한 날이리라. 생일이거나 결혼기념일쯤 되겠지.

다음 날도 여전히 촛불을 밝혀 놓고 식사했다. 이따금 웃는 소리가 밖에까지 새어 나왔다. 창가의 식사는 그들이 평생을 그 집에서 살며 보여 주는 일상이라는 것을 그 앞을 지나며 알게 되었다.

이제 나의 저녁 산책은 그 창가를 보기 위해 나서는 것 같았다. 남의 집안을 들여다보거나 기웃거리는 것이 예의에 어긋난다는 것을 알고 있으면서도. 붉은 벽돌담에 보기 좋게 얽혀 있는 담쟁이덩굴과 창가에 우아하게 늘어진 커튼, 촛불과 노부부가 아주 잘 어울려 그곳을 지날 때면 걸음을 멈추고 한참씩 바라보았다. 실례인 줄 알면서 고개가 저절로 돌려짐을 어쩔 수 없었다.

노부부의 식탁을 보기 전까지 촛불은 전기대용이라 생각했다. 가끔 정전되던 시절에 살았던 나는 촛불은 빛을 밝히는 것 이외의 다른 의미로 다가오지 않았다.

어쩌다 외국 영화를 볼 때면 촛불이 놓인 식탁을 보았으나 그것은 영화의 한 장면일 뿐이었다. 실제 생활에 연관 지어 본다는 것을 상상하지 못했다. 그때의 나는. 그런 환경에서 살다가 우연히 바라보게 된 정경은 경이로움 그 자체였다.

그 도시에 살면서 어느덧 나도 초에 익숙해져 갖가지 예쁜 모양의 초를 모으기 시작했다. 정전의 대용으로 알았던 내 의식에서 분위기를 연출하는 것으로 이보다 더 좋은 장식품이 없다고까지 변하게 되었다. 나도 촛불을 밝혀 놓고 저녁 식사를 하고 싶었다. 꽃으로, 촛불로 집안을 멋있게 장식하고 남편을 기다리는 날이면 으레 출장자들 탓에 귀가가 늦었다. 우연히 집에 들어서는 순간, 밝혀 놓은 촛불을 보며 감격하는 남편의 모습이 보고 싶었으나 결국 몇 번의 기회를 놓치고부터는 우리 가족들만을 위한 빛나는 식탁의 꿈은 흐려져 버렸다.

나이 들어가며 식사 시간이 묵상 시간처럼 되어버린 우리 부부를 느낄 때면 서나 가든의 어느 창가가 떠오른다. 일상의 나날을 특별한 날처럼 넘치는 행복 속에 살아온 노부부의 삶이 얼마나 아름답고 따뜻한 삶이었나를.

나는 매일은 아니지만 흐린 날이면, 음악과 빗소리가 어우러지는 날이면, 또 손님을 맞게 되는 때면 촛불을 켠다. 오래된 다기에 친구가 보내준 지리산 화개골의 '예전 차'를 준비한다. 촛불의 분위기에서 마시는 차라면 커피보다는 우리의 전통 차가 제격이다. 차향에 스며드는 초의 향기, 초 속에 녹아드는 차향이 은은할 때쯤이면 서나 가든의 불 밝던 창가에서 행복한 모습을 선사해 주던 노부부처럼 행복해진다.

스스로 자신을 태워 빛을 발하는 한 자루의 촛불을 바라보며 깊고 은은한 차향을 앞에 놓고 마음 따뜻한 사람과 함께하는 날, 이보다 더 큰 축복은 없으리라.

해 질 녘이면 서나 가든의 노부부는 촛불을 밝히며 내게 온다.

(2007)

엄마 봉봉

손녀 빅토리아가 내 주변을 떠나지 않는다. 아침부터 그랬다. 뭔가 할 이야기가 있는 것 같은데 기회를 보는 것 같다. 오늘 저녁 할머니가 샌타바버라를 떠난다 하니 갑자기 초조해진 모양이다.

며느리 엘리자베스가 점심을 대접한다고 하여 바닷가로 나갔다. 예약된 레스토랑이 피어(Pier)에 있어 바다 한가운데 앉아 있는 기분이다. 랍스타 요리가 일품인 이곳에서도 비비(빅토리아의 애칭)는 먹는 둥 마는 둥이다.

식사가 거의 끝날 무렵 비비가 살며시 다가와 손을 잡는다. 바닷가에 오면 며느리와 나는 산책을 하고 아들과 아이들은 공놀이를 즐기는데 오늘은 전혀 관심 없어 보인다. 비비가 이끄는 방향으로 따라갔다. 바닷가 모래사장이 완만하고 둔덕에 나무가 있어 그늘진 곳까지 왔다. 편하게 앉아 손녀의 반응을 기다렸다. 곁에 앉아 조가비를 파고 있던 비비가 '할머니' 하며 와락 내 품으로 파고든다. 꼭 안아 주었다. 심장의 팔딱거림이 전해진다. 모태에서 탯줄이 끊기는 순간, 양부모

품에 안긴 백인 아기, 원초적인 막연한 사랑이 그리운 걸까?

"할머니, 엄마 봉봉 찾아주세요."

눈물이 두 눈에 그렁그렁하다.

"엄마 봉봉?"

갑작스러운 물음과 손녀의 눈물에 당황하여 얼른 되물었다.

"엄마 봉봉이 없어졌어요. 누가 빌려 갔다는데 가져오지 않아요. 엄마가 봉봉이 있었으면 좋겠어요. 엄마는 필요한 사람이 가져갔기에 줄 때까지 기다려야 한대요."

4살배기 손녀의 눈물 어린 하소연에 할 말을 잃었다. 지금 손녀는 어릴 때 엄마 품에서 더듬던 봉봉이 그리워 눈물 흘린다.

"알았어, 할머니가 엄마에게 말할게. 봉봉 찾아오라고."

비비는 안심한 듯 고개를 끄덕인다.

물이 빠져나간 자리에 모래톱이 한가롭다. 세차게 밀려온 파도가 흔적을 남기고 떠난 자리. 길게 드러누운 골에 수줍게 파묻힌 조가비가 외롭다. 시월의 높은 하늘이 내려앉은 가을 바다. 청옥 빛이다. 계절이 바뀔 때마다 바다도 옷을 갈아입는다는 것을 샌타바버라 바다를 보며 알았다. 계절이 다시 바뀌고 시간이 흐르면 비비도 엄마의 상처를 마음 아파할 것이다.

지난 5월 며느리가 유방암 수술을 받았다. 양쪽 모두 절제

해야 하는 악성이다. 4월초 정기 검진에서 암을 발견하고 수술하기까지 며느리는 의연하게 대처했다. 신앙의 힘으로 절제하며 감정의 변화를 드러내지 않았다. 주변의 염려를 잠재울 정도로 침착했다. 오히려 금식하며 기도하는 나를 걱정했다. 아이들에게도 평소와 다름없이 차분하게 대했다. 방문을 닫고 혼자 있는 시간이 많았다.

혹여 세상에서 밀려나 외톨이가 된 막막한 외로움에 시달리는 것은 아닐까? 밤 같은 어둠 속에서 뼈 깊은 한숨이 새어 나오는 것은 아닐까? 걱정되었으나 하늘의 음성을 들으려고 묵상 기도를 하고 있었다. 꼭 나을 것이라는 믿음이 있었단다.

수술은 성공적이었다. 다른 곳에 전이도 없었다. 다만 비비가 '봉봉' 어디 갔느냐고 물을 때, 4살 아이에게 차마 사실대로 말해줄 수 없는 것이 괴롭다고 했다.

수술 뒤 자주 샌타바버라에 갔다. 며느리가 한식을 좋아해 불고기, 잡채, 궁중 떡볶이를 만들어 준다. 기도하는 마음으로 구절판도 만든다. 약에 지친 모습이 안타까워 음식이라도 다양하고 아름다운 색채로 만들어 주고 싶다. 녹차를 우려 부친 전병에 각종 채소와 소고기, 표고, 달걀지단을 넣고 싸주면 잘 먹는다.

앞으로 지속적인 치료를 받아야 하는 어려움이 있으나 이제껏 보여 주었던 강인함으로 잘 극복하리라 믿는다. 생애 처음으로 지루한 봄을 보내면서 나뭇잎 한 잎 흔들림에도 생의 애착을 느꼈으리라. 삶은 더없이 소중하고 아름다운 것. 어떠한 상태에 놓여 있든 살아 있는 것만으로도 행복하다.

저만치서 며느리가 다가온다. 발딱 일어선 비비가 엄마를 향해 달려간다. 돌아보며 엄지손가락을 높이 쳐든다. 할머니를 믿는다는 표시다. 좀 전에 눈물이 그렁그렁하던 눈에 함박웃음이 피었다. 눈물이 웃음으로 변하듯 '엄마 봉봉'에 애착을 갖지 않았으면 하고 바란다.

바람이 분다. 시원한 샌타바버라의 해풍이 며느리를 반긴다. 에닉스 풍의 시폰 드레스가 물결처럼 살랑이는 것이 보기 좋다.

(2014)

고추야 미안해

가지 모종 두 포기와 고추 모종 여섯 포기를 화단 귀퉁이에 심었다. 일주일쯤 후 물을 주려고 가보니 가지 모종은 앙상한 줄기만 보일 뿐 잎사귀는 모두 어느 곤충에 의해 갉아 먹혔다. 주위를 유심히 살펴도 눈에 띄는 벌레는 없는데 참 알 수 없는 노릇이다. 다행히 고추 모종은 잘 자라 주었다. 하루가 다르게 이파리가 크는 모양으로 봐서 뿌리를 쑥쑥 내리고 있는 것 같다.

고추 모는 크기보다 비교적 많은 곁가지를 치고 작고 흰 꽃망울을 여러 개 달고 있었다. 이들이 모두 열매를 맺게 된다면 올여름에는 풋고추 따서 된장찌개 끓이고 가을에는 붉은 고추 다져 넣고 제법 얼큰한 육개장이라도 끓여 먹을 수 있을 것 같다. 하루가 다르게 쭉쭉 뻗으며 자라는 것이 신통해 시간 있을 때마다 들여다보고 주변에 잡풀도 뽑아주며 정성을 기울였다. 어린아이 키우듯 살갑게 돌봐주었다.

결혼 후, 처음 집을 장만했을 때가 생각난다. 마당에 잔디만 심자는 남편을 설득해서 한쪽 귀퉁이에는 밭을 갈고 상추, 쑥갓 등의 채소를 심어 재미를 봤다. 호박을 심었을 때는 어떤가. 담 밑 구석에 구덩이를 파고 거름과 흙을 섞어 잘 고른 다음 구덩이 속에 씨를 떨어뜨려 놓으면 돌봐 주지 않아도 호박순이 담장이를 타고 기세 좋게 뻗어나갔다. 연한 호박잎은 쪄서 쌈 싸먹고, 윤기가 반지르르 흐르는 애호박은 따다가 볶아서 칼국수에 고명으로 얹어 먹던 생각을 하면 지금도 입안에 군침이 돈다. 어쩌다가 커다란 호박잎에 가려 늙어버린 호박이, 가을 날씨에 날로 시드는 호박잎 사이에서 삐죽이 고개를 내밀었을 때, 보너스를 받은 것 같던 기쁨을 농사지어 보지 않은 사람은 모르리라.

나는 작은 빈 땅이 있으면 화단 귀퉁이건 마당 가장자리든 간에 뭔가를 심는다. 그 취미는 농작물을 따서 청정 채소를 음미하고 싶어서라기보다 자라가는 과정을 보는 것이 무척 재밌다. 어디에서 살든, 작은 공간이라도 있으면 방울토마토, 오이, 고추 등을 심었고 화분에라도 심고 가꿨다. 농사짓는 일이 내 적성에 맞는 것 같다고 하면, 심심풀이로 하는 것도 농사냐고 친구들이 핀잔하지만 어쨌거나 나는 심기를 좋아하고 가꾸기를 즐긴다. 모르기는 해도 이 방면으로 나갔다면 삶이 더 풍요롭고 윤택하지 않았을까. 이런 생각도 해보며 돌봐 주는 대로 잘 자라는 고추나무가 고맙고 대견했다.

그러나 어찌 뜻하였으랴! 갑자기 서울에 다녀와야 할 일이 생겨 한 달포 가량 집을 비우게 되었다. 혼자 여행하게 될 경우, 외식 싫어하는 남편을 위해 음식을 만들어 얼려 놓고 가야 하는 일이 귀찮고 힘들지만, 이번에는 고추나무가 걱정이었다. 지금 한창 형태를 갖춘 고추를 자잘하게 달고 있어 가을에는 고추깨나 딸 것 같은 예감이 드는데—, 내가 떠난 후 누가 물을 줄 것인가. 결혼하고 이 날까지 꽃이나 나무에는 도통 관심이 없는 남편에게 새삼스러운 부탁은 하나 마나다. 그런 것은 왜 심어서 신경 쓰이게 만드느냐고 할 것이 뻔하다. 며칠을 고민하다가 떠나기 전날, 땅에 물이 흥건히 고이도록 충분히 주었다.

여행은 일상의 모든 일을 잊게 해주어 기분 좋다. 서울 가서는 고추나무 생각은 새까맣게 잊고 지냈다.

6주간의 여행을 마치고 돌아와 청소하고 집안 정리하고 시차 적응으로 며칠을 지내다가 어느 날 화단을 돌아보았다. 나무들이야 하루에 두 번 자동으로 나오는 스프링클러가 있으니 걱정 없으나 봄에 사다 심은 일 년 초나 고추나무는 귀퉁이에 있어 물이 닿지 않기에 응당 말라 죽었으려니 했다.

화단 끝쯤 왔을 때 내 눈을 의심하지 않을 수 없었다. 고추나무들이 엉성하기 짝이 없는 팔을 쫙쫙 벌리고 서 있는 것이 아닌가. 가지마다 보기에도 애처로운 가느다란 붉은 고추를 주렁주렁 매달고. 틀림없이 고추인데 모양새가 곧게 뻗은 고추는 단 한 개도 없이 나선형으로 꼬여져 있었다. 잎도 마찬가지이다. 물을 먹지 못해 정상적 성장을 하지 못한 것 같다.

고추의 숨겨진 인고가 갑자기 주체할 수 없는 연민으로 다가왔다. 이미 말라 죽었을 거라는 생각으로 집에 도착하고 며칠이 지날 때까지 가볼 생각을 하지 않았다. 그 고추나무가 역경의 한 생애를 충실히 살아내고 있었음에 '어쩜 이럴 수가' 이 말 외에 아무 말도 할 수 없었다. 제대로 돌봤더라면 정상적으로 자랐을 것을, 심한 갈증과 영양실조로 모두 기형으로 자란 것이 마음 아팠다. 참으로 못할짓을 한 것 같아 물을 주면서 '미안해' '미안해' 소리가 저절로 나왔다.

비틀려 있는 고추를 바라보던 시선이 커다란 확대경이 되어 나를 비추고 있다. 형태는 갖추었으나 골고루 영양을 섭취하지 못해 비틀려신 고추가 혹시 내 모습이 아닐까. 내 안에도 어디엔가 저런 모습이 잠재해 있을 것 같았다. 나름대로 열심히 살았다던 삶이 부끄럽게 여겨져 붉은 고추만큼이나 확확 달아오르는 얼굴을 주체할 수 없었다. 고추와 나는 어느덧 동병상련의 처지에 놓여 있었다.

잡초를 뽑아내고 아예 호수를 고추나무 사이에 놓고 물을 듬뿍 주었다. 흙먼지로 뽀얗게 분장한 이파리들을 분무기로 말끔히 닦아 주었다. 말려있던 잎이 손을 펴듯 조금 펴진다. 생기가 돈다.

모든 살아 있는 것은 정성을 들인 만큼 보람을 얻는다. 사회에서 한몫하는 사람 뒤에 훌륭한 어머니가 있는 것처럼. 자녀가 성장하여 자기 몫을 할 때까지 버팀목이 되어주고 비바람을 막아주고 보호해 주는 것이 부모의 역할이듯이 식물도 제때 햇빛과 비료, 물을 공급해 주어야 잘 자란다.

나이 들어가며 모든 살아있는 것에 관심이 깊어진다. 내가 살아온 세월보다 살아갈 날이 짧기에 매사에 더 애착이 간다.

내 손을 거쳐 자라나는 식물 한 뿌리라도 소중하고 그것들로 인해 얻어지는 기쁨과 보람이 삶을 윤택하게 만들어 주는 탓이다.

시원한 바람과 맑은 햇살이 고추와 어우러져 노닐고 있다. 비록 가늘고 비틀려 볼품없이 자란 고추였으나 한 생애를 충실히 살아온 완전한 결실. 한 해 농사로 부족함이 없을 정도의 수확을 보며 가슴 뿌듯한 감사가 일렁인다.

청명한 가을 하늘이 더욱 높아 보인다.

(2001)

작은 음악회

음악처럼 살고 싶다

날씨가 우중충했다. 선뜻 밖으로 나가고 싶은 마음이 없을 정도였는데 걷기에는 좋을 것 같아 동네 몇 바퀴 돌고 왔다. 집 앞에서 숨을 고르고 막 계단을 오르려는데 어디선가 Nessun Dorma(공주는 잠 못 이루고)가 들려왔다. 투란도트 3막의 아리아, 루치아노 파바로티의 음성이다. 소리 나는 쪽으로 고개를 돌렸다. 막 주차하고 있는 차 한 대가 보였다. High b까지 오르는 힘찬 마지막 음절 '빈체로 빈체로~'(승리하리라)가 끝났을 때는 가슴이 조여드는 느낌이었다. 숨을 죽인 채 꼼짝할 수 없었다. 다시 노래가 이어졌다. 계단에 주저앉았다. 평생에 한 번 있을까 말까 한 순간, 갑자기 미망에서 깨어나 빛을 본 것 같은 체험이었다.

남자 혐오증이 있는 공주 투란도트는 얼음같이 차지만 매력 있고 아름답다. 전쟁에서 패하여 나라를 잃은 칼라프 왕자에게 3가지 수수께끼를 내고 푸는 장면이 이 오페라의 핵심이다. 수수께끼를 다 푼 칼라프 왕자가 투란도트 공주에게 자기 이름을 맞혀 보라는 문제를 내놓으며 너무도 유명한 아리아 'Nessun Dorma'를 부른다. "공주는 나를 사랑하게 될 것이며 나는 공주를 차지할 것이다. 아침이 밝으면 내가 최후의 승리자가 될 것이다." 칼라프가 승리를 확신하며 부르는 영웅적인 아리아이다.

파바로티가 Torino 2006 Winter Olympic Games Opening Ceremony에서 생애의 마지막으로 불렀던 아리아가 Nessun Dorma이다. 그 장면이 눈에 어른거린다. 1년 후면 췌장암으로 생을 마감하련만 그는 황홀하리만치 아름답고 열정적인 음성으로 관중을 매료시켰다. 검은 망토를 입은 그의 등 뒤에선 성화가 불타고 있었다. 몇 분이나 계속되는 환호를 두 손 모아 함박웃음으로 답례하던 세기의 성악가. 그가 지금 낯선 차 안에서 열창하고 있다. 심장 뛰는 소리가 들릴 것같은 긴장이 고조에 이르렀을 때 음악이 끝났다. 그의 영혼의 심연에서 울려오는 가장 숭고한 소리가 내 주위를 감돈다.

차에서 20대 후반의 멕시코 청년이 나왔다. 요즘 세상에 클래식 음악에 심취하여 차에서 감상하는 친구가 있다니. 그것도 연거푸. 나에게 크나큰 선물을 안겨준 그를 안아 주고 싶었다. 발트뷔네 콘서트에서 라단짜를 열창하던 멕시코 성악가 Rolando Villazon을 똑 닮은 키가 훤칠한 미남이다. 그날 길에서 우연히 들었던 파바로티. 그를 체험한 여운은 오래도록 남아 잊히지 않을 살아 있는 감동이었다.

발트뷔네(Waldbuhne) 콘서트를 관람한 적이 있다. 발트뷔네는 베를린 교외의 샤를로텐부르크(charlottenburg)에 있는데 발트(Wald=숲), 뷔네(Buhne=무대)라는 말 그대로 숲속에

설치된 야외무대다. 2만2천 명의 관객을 수용할 수 있는 이곳은 독일의 통일을 목전에 두고 1990년 6월 30일에 이 발트뷔네 야외음악당에서 다니엘 바렌보임 지휘로 베를린 필이 여름밤 공연을 열었다. 그때 이후 날짜가 매년 6월 마지막 주 일요일로 고정해서 피크닉 콘서트를 개최한다. 피크닉 콘서트란 말에 어울리게 관객들은 캐주얼 차림으로 음식을 준비하고 와인 잔을 기울이며 연주를 즐기는 것이 LA Hollywood Bowl과 비슷하다.

발트뷔네는 황혼이 장관이다. 서서히 빛이 잦아들며 변하는 노을과 나무의 실루엣이 묘한 조화를 이룬다. 밤으로 빠져들며 숲속 풍경은 또 다른 분위기를 연출한다. 관객은 미리 준비한 불꽃을 하나둘 켜기 시작한다. 연주가 고조됨에 따라 불꽃이 파도처럼 너울대고 음악과 불꽃과 검은 숲이 한데 어우러져 환상의 극치를 이룬다. 광활하게 펼쳐진 하늘엔 반짝이는 별들이 은가루를 뿌려 놓은 듯하고 발트뷔네의 관중은 연주와 하나 되어 인간 물결을 이룬다. 이곳은 연주도 좋지만, 자연경관이 아름다운 것으로 더 유명하다.

가장 인지도가 높았던 공연은 2006년 '발트뷔네 피크닉 콘서트'다. 2만여 관중을 열광시킨 이 콘서트는 이탈리아 제노아 출신의 마르코 아밀리아토(Marco Armiliato)가 베를린 도이치 오퍼 오케스트라(Orchester Der Deutschen Oper Berlin)의 지휘를 맡았다. 독일 월드컵 개막식 이벤트 콘서트로 플라시도 도밍고, 안나 네트렙코, 롤란도 빌라존이 무대를 장식할 성악가로 선정되었다.

백발이 성성한 오페라계의 황제 도밍고가 30대의 두 성악가 못지않은 가창력과 여유로 관록 있는 무대를 보여 주었다. 도밍고와 네트렙코는 오텔로 중에서 이중창 '밤의 정적 속으로 소란은 사라지고(Gia nella notte densa)'를 불러 관중을 사로잡았다.

"소란으로 성난 내 마음은 당신의 품에서 평화와 고요한 안식을 찾네. 노여움 뒤에 사랑이 기다리고 있다면 세상이 무너져도 아무렇지 않네. 나의 훌륭한 용사여 지독한 고통과 한숨과 바람이 우리의 기쁜 만남을 방해해 왔습니다. 힘겹게 고생했던 내 이야기에 당신의 사랑스러운 얼굴을 눈물로 적셔졌고 당신의 입술은 한숨을 쉬었소. 그것은 내 어두운 가슴에 빛을 비추었으며 하늘의 별과 같은 축복을 주었소." 오텔로가 그의 아내 데스데모나와 달빛을 받으며 부르는 사랑의 2중창이다.

한밤중에 남게 된 두 사람은 처음 만났을 때를 회상하며 사랑의 대화를 나눈다. 그들이 겪은 과거의 고통, 사랑이 피어나던 과정과 기쁨으로 충만했던 순간을 회상하며 달콤한 사랑의 기억에 젖는다. 더할 수 없이 다정하게, 절절하게 혼연일체가 되어 뜨거운 눈길을 주고받았기에 나도 모르는 사이 눈물이 흘렀다. 존경과 신뢰를 실어 열창하는 그들의 모습은 차라리 고귀하기까지 했다.

세월은 봄과 가을을 수없이 갈마들었으나 도밍고는 내가

런던 로열오페라 하우스에서 만났던 1983년과 별로 다를 바 없었다. 다만 그의 머리에 서리가 살짝 내려앉았을 뿐.

Hollywood Bowl도 여름 공연이 시작되었다. 세계에서 내로라하는 음악가들이 해마다 이곳을 거쳐 간다. 야외공연을 즐길 때면 영국 '하이드 파크'에서 열창하던 파바로티가 그리워지고 발트뷔네 콘서트의 성악가들이 눈에 어린다. 영국에서 사는 동안 영국은 물론 바다 건너 유럽의 다양한 도시에서 오페라를 감상했는데도 음악에 대한 나의 목마름은 해갈 되지 않는다.

아, 유럽! 나의 꿈의 도시. 음악이 넘쳐흐르던 공원과 거리와 콘서트 홀. 클래식을 공기에 품은 듯 어느 길모퉁이를 돌아도 귓가에 클래식 선율이 머무는 곳. 여름에서 초가을까지 원 없이 클래식 음악을 감상할 수 있어 시간이 머물러 주었으면 했던 곳. 지금도 기억 속에 생생히 남아 있는 그곳. 거기엔 내가 늘 그리워했던 풍경과 소리가 낭만처럼 흐르고 있다.

살아가며 음악으로 인해 행복한 때가 많았다. 좋은 연주를 관람하면 열광하며 박수를 아끼지 않았고 음악이 나에게 불러일으켰던 감동은 이루 헤아릴 수 없이 많았으나 환희와 비애, 감동만을 내 것으로 하여 즐겼다.

음악과 함께 살다가 간 사람들의 고뇌와 열정의 결정으로 탄생한 명곡들. 그들의 삶이 매 순간 음악이었던 것처럼 나도 음악을 벗하며 음악 속에서 음악처럼 살고 싶다. 우리의 영혼을 비옥하게 만들어 주는 순수한 아름다움. 감명 깊은 음악을 들을 때마다, 오페라를 감상할 때마다 그들의 영혼에 깃든 영감과 고통의 무게를 다시 한번 헤아려 보게 된다.

(2016)

아, 꿈이었던가

오케스트라의 튜닝이 한창이다. 막이 오르기 전, 대기실에서 토슈즈(Toe Shoes) 끈을 다시 한번 점검했다. 내 생애 마지막 공연이라 오래 전 첫 무대에 섰을 때만큼 설렌다.

이번 공연을 위해 러시아에서 키로프 발레단 수석 무용수 콘스탄틴 자클린스키(Konstantin Zaklinsky)가 와주었다. 나의 은퇴를 축하하고 함께 공연하기 위해서다. 얼마나 그려왔던가. 자클린스키와 단 한 번만이라도 파드되를 출 수 있다면. 그가 갈리나 메젠체파(Galina Mezentseva)와 공연한 지젤(Giselle)을 VHS 시절부터 DVD에 이르기까지 수없이 감상하며 눈물을 흘렸다. 그들의 춤에는 영적 교감이 있어 호흡이 완벽했고 연기력과 기량이 뛰어나 푹 빠져들 수밖에 없었다.

오늘 내가 공연할 발레는 '백조의 호수' 3막이다. 백조의 호수 중 가장 화려한 무대이다. 백조로부터 왕자의 마음을 빼앗으려 온갖 요염한 자태를 다 동원하여 유혹하는 흑조. 고난도의 테크닉 그랑 푸에테 앙 투르닝(Grand Fouette En Tournt) 32회전을 무난히 마쳐 왕자의 마음을 사로잡아야 한다.

막이 올랐다. 스페인, 이탈리아, 헝거리, 폴란드의 민속춤
이 이어지고 파드되로 그와 호흡을 맞추었다. 드디어 그랑 푸
에테 앙 투르낭의 회전을 시도하려 사뿐히 걸어 나왔다. 고별
공연이라는 부담감이 있으나 의외로 최상의 컨디션이다. 몸
이 깃털처럼 가볍다. 목표물을 보고 돌고, 보고 도는 게 아
니라 누가 돌려주듯이 저절로 돌아간다. 32회전을 마쳤는
데 조금도 지치지 않고 계속 돌고 있다. 오케스트라도 나의
회전에 맞춰 연주한다. 상대방에게 무대를 내주어야 하는데
도 회전이 끊이지 않는다. 객석에서 박수가 터졌다. 그 열광
이 Standing Ovation으로 이어졌다. 꽃이 날아들고 내 춤에
감동한 관객들의 환호가 어찌나 열광적이었던지 눈이 번쩍 떠
졌다.

아, 꿈이었던가. 가볍게 그랑 푸에테 앙 투르낭을 하던 내
다리가 높게 올려져 있다. 무대도 관객도 사라지고 퉁퉁 부어
있는 다리만 보인다. 예전 발레를 했다고는 상상조차 할 수
없을 정도로 변형된 다리. 동글고 예쁘던 무릎 중앙에 길게
그어진 수술 자리가 현실을 말해주고 있다. 엘레베이션 상태
로 누워 있다가 깜빡 잠든 사이 자클린스키가 위문차 다녀갔
다. 젊은 시절에도 가당치 않았던 꿈이 생생하게 이루어졌다.
오수를 제대로 즐긴 셈이라고 해야 하나. 발레의 꿈을 접어야
했던 그 시절로부터 많은 세월이 지났건만 발레는 항상 내 마
음속에서 지나간 상처의 괴로움 같이 나를 괴롭혔다. 가슴앓
이하며 지냈던 숱한 세월, 그 보상을 오늘 거창하게 받았으나

왠지 자꾸만 눈물이 난다.

　3년여를 통증으로 고생하다가 6개월 간격으로 두 무릎을 수술받았다. 우리 어머니 시대에는 상상도 할 수 없었던 의학 기술의 발달로 연골을 교체했다. 수술도 어려웠지만, 회복이 무척 더디고 힘들었다. 계속 운동 상태를 유지해야 한다.

　지난 1년여 회복 기간이 10년처럼 길었다. 다리가 부어서 앉아 있는 것, 서 있는 것이 너무 힘들었다. 아주 천천히 조금씩 회복하는 긴 시간 동안 삶이, 인생관이 바뀌었다. 건강과 감사만이 삶의 전부이다. 다른 아무 생각도 없다. 통증과 부자유에서 속히 벗어나 마음껏 걷고 싶었다. 하루하루 삶의 마지막 날처럼 여기며 다시 깨어나지 않는다 해도 후회 없이 잠들었다. 눈에 보이는 것, 들리는 것의 무관심이다. 혹독한 고통과 회복 과정을 통하여 터득한 지혜는 인생 별것 아님을 절절히 느끼면서 미미하고 소박한 소망을 바라 꿈을 꾸었다.

　가장 어려운 상태에 처해 있을 때 헌신적으로 도움을 주신 분들께 감사한다. 그들은 신의 사랑으로 나를 돌봐 주었다. 내가 남을 위해서 한 것이 많지 않기에 부끄럽기 한이 없다.

　어려서부터 음악을 좋아했던 나는 Mackintosh Amplifier 를 갖는 것이 꿈이었다. 그 꿈이 내 42회 생일에 이루어졌다. 영국에서 살 때 남편이 매킨토시 앰플리화이어를 선물해 주었다. 지금도 그때의 기쁨을 말로 표현할 길이 없다. 음악에 빠져 때로는 생활비를 몽땅 가지고 나가 LP와 CD를 사고 냉장고 속 저장 음식으로 버틴 적도 있었던 나. 이곳에 온 지

30여 년을 지나는 동안에도 꾸준히 음반과 발레 DVD를 계속 수집했다. 친구들 말이 나의 음악실에는 흔히 클래식 애호가들이 좋아하는 음반들이 거의 갖추어져 있다고 부러워했다. 음악 시스템은 나의 재산 목록 1호이다.

아끼고 사랑하던 재산 목록 1호가 육신의 고통 앞에서 아무 힘을 발휘하지 못했다. 귀한 것들이 무용지물처럼 보였다. 알뜰살뜰 돈 아껴가며 무한 투자를 했건만, 두 무릎이 내 생각과 가치관을 바꾸어 놓았다. 극심한 고통 속에서 그들은 나에게 아무 도움도 줄 수 없었다. 눈에 보이는 아름다운 것들이, 귀를 황홀하게 해주던 음반이 내 고통을 조금도 덜어 줄 수 없었다. 당장 아픔을 멈출 수 있는 약이 있다면 그 약 한 알과 기꺼이 바꿀 수 있을 것 같았다. 고통의 과정을 거쳐 수술과 긴 회복 기간을 지나는 동안 '밥은 굶어도 음악 없이는 살 수 없다'던 신조가 무너지고 있었다. 이제까지 그리도 아끼던 소장품들이 나로부터 소외당하고 있다. 무관심이다. 가장 가까이 있는 언어는 '감사'이다.

카우치에 앉아 창밖을 내다보면서 1년여를 지냈다. 자카란다가 잎이 돋고 꽃을 피우면 한 해가 중간에 와 있음을 알게 되었다. 피면서 꽃잎을 흩날리는 보랏빛 낙화를 보며 산다는 것은 무시로 아픈 것이라는 의미를 알게 되었다. 계절은 뚜렷한 색채 없이도 바뀌어 갔다. 참으로 오래 살았고 멀리에 와 있다는 생각이 머리를 스친다.

한창 젊은 나이에 한국을 떠났다. 그때는 해외여행 자유화가 없던 시절이라 친구들이 유럽 지사 주재원으로 나가게 된 우리 가족을 부러워했다. 그로부터 40여 년 세월이 흘렀다. 그때 헤어진 친구들은 지금 어디서 무엇을 하고 있을까. 그때 꾸었던 꿈들이 이루어져 보람의 열매를 거두었을까. 옛 친구들이 보고 싶고 그 시절이 그리워 눈물이 난다.

지젤 DVD를 걸었다. 조금 전까지 내 곁에서 파드되를 추던 자클린스키가 시 공간을 넘어 메젠체파와 춤을 추고 있다. 가슴 시린 2막을 감상한다.

눈을 감는다. 꿈꾸며 기다리던 바람이 이루어진 오늘. 꿈이여 다시 한번. 빠르게 빠 드 부레(Pas De Bourree) 하며 나의 왕자님 곁으로 다가간다. 낮 꿈이 다시 이어지기 바라는 마음 간절하다.

(2017)

보파드에서 만난 슈베르트

보파드(Boppard)에서 맞은 새벽은 여느 여행지와 사뭇 달랐다. 푸르스름한 여명 속에 대지가 기지개를 켤 때, 사방에서 비밀스럽게 수런대는 소리가 미묘하게 들렸다. 그것은 숲이 잠을 깨는 소리 같았고, 꽃 한 송이, 풀 한 포기에서도 생명의 신비와 심장의 떨림을 의식할 수 있었다. 울창한 나무 사이로 빛은 산산이 부서져 흩어지고 하얗게 쏟아지는 아침 햇살이 누적된 피로를 맑혀 준다. 신선한 정기로 몸과 마음이 가볍다. 여행을 값진 것으로 만들어 주는 것은 낯섦과 미지에 대한 설렘 같다. 발코니에서 내려다본 모젤 강이 비늘처럼 반짝인다.

보파드는 로렐라이 언덕과 모젤 강이 라인 강에 합류하는 지점의 도시 코플렌츠 중간에 있다. 라인 강 둑을 따라 형성되어 있는 강변 도시로 카페, 레스토랑, 호텔이 즐비하다. 보파드는 노을이 슬어질 무렵부터 활기를 띤다. 회색빛 어둠은 사물을 낮과 다르게 보여 주어 신비롭다. 하늘에서 별이 하나둘 눈을 뜨듯이 형형색색의 불빛이 돋아나 도시 야경이 장관을 이룬다. 빛의 물결은 삶의 아름다움을, 인간과 따뜻한 교감을 말해 주는 연결고리 같다. 공원에서, 맥줏집에서 주민과 관광객이 뒤섞이어 감미로운 생음악과 댄스를 즐긴다. 이곳 주민은 친절하고 낙천적이어서 여행객과 지기처럼 격의 없이 잘 어울린다.

음악의 보고 Musik를 찾았다. 클래식 음악 섹션에는 제법 많은 음반이 갖추어져 있었다. 슈베르트 CD 몇 장을 고르던 중 〈피아노 트리오 아다지오 (Piano trio in E Flat D. 897 Nottumo Op. Posth. 148 Adagio)〉가 있어 더없이 반가웠다. 슈베르트의 많은 연주곡 가운데 유독 피아노 트리오 내림 나 장조가 흔치 않은데 내가 선호하는 '슈투트가르트'의 연주였다.

슈투트가르트 피아노 삼중주는 1968년에 창립하여 1969년 베를린에서 열린 멘델스존 컴퍼티션과 뮤니히에서 열린 국제 라디오 컴퍼티션에서 우승한 이래 세계 많은 도시에서 공연했다. 투명한 울림과 순도 높은 실내악 적 섬세함을 특기로 하는 이들은 주로 페스티벌에서 인지도를 높였다. 구성원으로는 피아노에 '모니카 네온하드', 바이올린에 '레이너 구스몰', 첼로에 '클라우스 캉기서'이다.

이 피아노 트리오 897은 슈베르트 불멸의 명작으로 평가된다. 아름다운 서정성과 센티멘털리즘이 어느 것에도 견줄 수 없을 만큼 뛰어나고 감동적이다. 슈베르트는 자신의 31세 생일을 자축했다. 그는 생명이 몇 개월밖에 남지 않았음을 알면서 1000번째의 작곡에 손을 댔다. 이때까지 작곡한 걸작이 많았지만, 그는 '사람들이 아직 들어보지 못한 것'이라는 자랑스러운 자부심으로 이 곡을 펴냈다고 한다. 연주되는 기회가 그리 많은 것은 아니어도 슈베르트 실내악 장르에서는 귀중하게 취급되는 작품이다. 단일 악장으로 구성되었으며 죽음을 예감하고 있는 우울함이 농도 짙게 투영된 곡임을 실감케 한다. '내 모든 행복은 산산이 흩어졌다. 한때나마 내가 지녔던 모든 것이 사라졌다. 오직 찌터(Zither) 하나만 내 곁에 있을 뿐. 그러나 아직도 나는 즐겁게 부유하는구나!'

슈투트가르트의 연주는 잔물결의 흐름같이 잔잔한 피아노 반주 위로 바이올린과 첼로의 음률이 가볍게 떨어져 묻힌다. 여리게 잦아드는 피아노의 연주가 바이올린과 첼로의 강렬함 속에서도 보석처럼 빛난다. 계속 반복되는 선율인데도 아름다워 눈물이 날 것같다. 얼마나 감미로운 심성을 지녔으면 저런 곡이 나올까. 천재적 선율 뒤에 가난한 삶에 처절했던 슈베르트의 음성이 들리는 것 같다.

"형님, 오선지를 보내주십시오, 오선지를. 추운 겨울 땔감이 없어도, 식량이 떨어져 며칠씩 굶어도 얼마든지 견뎌 낼 수 있습니다. 그러나 악상이 떠오를 때마다 그려 넣을 오선지가 없음이 나를 절망케 합니다. 형님, 제발 오선지를 보내주십시오."

그의 절규가 음악에 섞이어 흐느끼고 있다. 악상은 샘처럼 풍부하게 넘쳐흐르고 아름다움은 주옥처럼 빛나고 있으나 악보를 그려 넣을 오선지가 없었다. 모차르트보다 짧은 생애,

가난도 모차르트보다 더욱 심해서 거의 굶어 죽다시피 한 그 침상에는 겨우 몇 푼의 돈이 남아 있을 뿐이었다. 고단한 육체가 문을 닫는 그 순간에.

〈노투르노(Notturno)〉, 차분하고 아름다워 낭만주의 성격이 물씬 풍기는 일종의 야상곡이라는 해석이 있다. 그것을 배제하는 경우 18세기 이탈리아에서 크게 유행했던 다 악장으로 구성된 세레나데와 같은 범주로 생각하면 된다는 주장도 있다. 이는 이 작품을 영국의 작곡가 필드에 의해서 창시된 '녹턴'과 같은 의미로 보아서는 안 된다고 역설한다.

슈베르트가 세상을 떠나기 1년 전인 1827년에 완성되어 이듬해 1월 28일 어렸을 때부터 죽마고우 요제프 스파운(Joseph Spaun)의 살롱에서 열린 스파운과 뢰너양의 약혼식에서 초연되었다. 이 작품과 비슷한 시기에 작곡한 '겨울 나그네'에서 보듯 죽음을 예상하는 슈베르트의 심각한 우울히 농도 짙게 투영되어 듣는 이의 심장을 요동치게 한다. 특히 단 악장의 주제는 작곡자에 의해 은유적인 노랫말로 설명될 만큼 절망적인 성격이다. 슈베르트가 세상을 떠난 훨씬 뒤인 1845년에 출시되어 비로소 알려지기 시작했다.

친구 그로브는 창작하고 싶다는 한결같은 마음이 슈베르트만큼 강한 사람을 본 적이 없다고. 그처럼 불행한 천재를 이전에 본 적이 없다고 했다. 베토벤에게 인정된 것은 베토벤의 죽음 직전이었는데 왜 좀 더 일찍 슈베르트를 알지 못했든가

하고 한탄했다 한다.

31세의 짧은 생애 동안에 많은 명곡을 남긴 슈베르트. '음악은 여기에 풍려한 보배와 그보다 훨씬 귀한 희망을 묻었노라. 프란츠 슈베르트 여기 잠들다.' 그의 묘비처럼 그는 희망을 묻고 떠났다.

그는 들에 핀 한 송이 꽃과 같은 생애를 보냈다. 오로지 예술에만 정진하다가 자연의 냉엄한 운명에 쓸쓸히 지는 들꽃처럼 세상을 떠났다. 꽃은 덧없이 졌지만, 그 향기는 남아 세인들의 가슴속에 영원히 살아 숨 쉰다.

슈베르트의 '피아노 트리오'를 듣는다. 신비의 정기가 감돌던 보파드의 아침이 떠오른다. 보석 같은 음반을 만나게 해준 도시이기에 그리움이 솟는다. 처절했던 가난과 고독과 아픔을 온전히 음악으로 위로받았던 그의 예술혼으로 깊숙이 들어가 가슴으로 음악을 듣는다.

밤이 흐른다. 〈노투르노〉와 함께 나도 흐른다.

(2012)

레드 카펫을 밟으며

플라시도 도밍고의 〈데뷔 40주년 기념공연(The Placido Domingo 40th Anniversary Gala)〉이 있을 때였다. 데뷔 40주년이라는 뜻깊은 행사이기에 미 전역에서는 물론 세계 각처에서 저명인사들이 모여들었다. 이번 공연이 LA에서 펼쳐지는 이점이 있어 이 역사적인 순간을 놓칠세라 일찌감치 표를 사놓고 하루가 이틀씩 지나가길 기다렸다.

미성의 소유자 도밍고는 오페라계의 신화 같은 존재다. 드라마틱한 표현력과 가창력은 누구도 쉽게 넘볼 위치가 아니다. '역사상 가장 많은 126개 오페라의 주역'을 소화한 기록과 '역사상 가장 위대한 테너'에 이름을 올리고 있다.

내가 도밍고의 오페라를 처음 감상한 것은 1981년 가을, 런던 코벤트 가든에 있는 로열 오페라하우스에서였다. 그는 투란도트에서 박력 있고 멋진 칼라프 왕자를 완벽하게 소화했다. 1983년 〈라 트라비아타〉를 감상했을 때 40대 초반이었던 도밍고는 인생의 절정기를 맞고 있는 성악가답게 풍부한 성량과 외모와 연기의 3박자가 뚝 떨어졌다. 부드러우면서 박진감 넘치는 가창력은 청중을 극 속으로 빨려들게 했다.

오랫동안 도밍고의 노래를 흠모했기에 그의 예술 인생 40년을 마음껏 축하해 주고 싶다.

2008년 4월 18일, 여느 때보다 이르게 공연장에 도착했다. 다리가 좀 불편했기에 지하 주차장까지 들어가지 않고 공연장이 가까운 인도에서 내렸다. 발렛파킹 요원들의 움직임이 부산하다. 평소와 달리 그곳까지 레드 카펫이 깔렸다. 최고 성악가의 공연은 단장부터 다른 것을 실감했다.

레드 카펫 위로 성큼 올라섰다. 발밑에서 전해지는 촉감이 쾌적할 정도로 탄력 있고 부드럽다. 내 곁을 지나는 신사 숙녀들의 모습이 하나같이 멋있다. 그레이스 켈리처럼 우아한 미소를 띠며 몇 마디 인사를 건네오는 사람도 있었다. 황홀했다. 여기저기서 카메라의 플래시가 터지고 인터뷰이(Interviewee)들과 함께 걷는 동안 나도 스타가 된 기분으로 정문 입구까지 왔다.

'도로시 챈들러 파빌리온' 앞 넓은 광장엔 흰 천막의 오픈 캐빈이 즐비하게 늘어서 있다. 평소에는 관람객들이 차를 마시며 담소하는 공간이나 큰 행사 때에는 귀빈들을 위한 간이 휴게소다. 내가 걸어온 길에서 공연장으로 들어가는 정문까지는 비교적 한산했다. 주변 사람들로부터 표를 사지 못했다는 소리를 적잖이 들었는데 어쩐 일인지 입장객이 많지 않다. 그제야 남편을 찾으려 두리번거렸다.

건물 귀퉁이에서 남편이 손을 흔들었다. 그곳에 많은 사람이 운집해 있었다.

'왜 여기 있어요. 정문 쪽으로 가지 않고.' 사람들 틈에서 차례를 기다리는 남편에게 다가서며 물었다. 남편은 어이가 없다는 듯 "여사, 저쪽 길로 오셨어?" 하고 묻는다. 그 말의 뜻을 재빨리 이해하지 못한 나는 남편이 가리키는 쪽을 바라보았다. 분명히 내가 걸어온 길인데 새삼 낯설다. 진홍색 카펫을 밟고 오는 사람들은 이제까지 나와 함께 어깨를 나란히 한 사람들이 아닌 것 같았다.

평소처럼 지하 주차장에서 올라왔다면 '일반인은 콘서트홀 옆문을 이용해 주세요.'라는 안내문을 보았을 거다. 남편이 내려준 곳이 발레 주차 요원이 차를 인도해 가는 레드 카펫 앞이다. 그곳에서 콘서트 홀로 향하는 유일한 길이었기에 곧바로 사람들 흐름에 따랐다. 저명인사들만 밟을 수 있는 레드 카펫을 무명한 내가 여유 있게 밟으면서.

카메라 플래시가 계속 터지고 중간마다 인터뷰하는 사람들이 있었는데도 유명한 분의 콘서트니 당연하다 여겨 주변을 전혀 의식하지 않고 자연스럽게 행동했다. 두고두고 생각해도 극장 관계자들이 나를 내치지 않은 것이 다행이었다. 실로 웃지 못할 해프닝이다.

로비에서 샴페인 서비스가 한창이다. 이것 역시 한 시대를 풍미한 위대한 성악가의 데뷔 40주년 공연이기에 갖추어진 품격 높은 의식 같았다. 혹시 귀빈들을 위한 것이 아닐까 하여 조심스럽게 외면했는데 그날의 샴페인은 모든 관람객을 위한 것이었다.

살아가며 알게 모르게 실수할 때가 있다. 전혀 모르고 한 행동이라 해도 뭔가 평소보다 다를 때에는 주의 깊게 살폈어야 했다. 비록 남에게 피해를 주지 않았다 해도 실수임은 분명하다. 한편으로 생각하면 입가에 미소가 번진다. 그런 실수가 아니었다면 내 평생 언제 스타나 저명인사들과 함께 어깨를 나란히 하고 레드 카펫을 밟아 볼 수 있겠는가. 멀쩡한 정신으로 즐기며 걷던 그 길. 레드 카펫 양쪽에 구경꾼들이 있었는데도 눈치 없이 당당하게 걷지 않았는가. 자연스러운 것이 가장 아름답다 했으니 내가 한 행동에 너무 부끄러워할 일만도 아닌 것 같다.

이 시대의 히어로 도밍고의 큰잔치를 마음껏 축하한다. 환경이 어떻든 온 힘을 다해 보여 주는 무대. 그의 음악회가 언제나 아름다운 영혼의 울림이 되길 바란다. 막이 오르려나 보다. 오케스트라의 튜닝이 한층 더 높아진다.

(2006)

백조의 호수

로열 발레가 〈백조의 호수〉를 가지고 남가주를 방문한다. 이번 로열 발레의 방미가 반가운 것은 내가 영국을 떠난 지 3년 만의 재회이다. 로열 오페라하우스에서는 세계적으로 유명한 발레단의 공연이 연중 이어지는데 로열 발레의 무대만큼은 스케일 면에서나 안무와 테크닉, 의상에 이르기까지 단연 차별화된다.

백조의 호수는 고전 발레의 대표작으로 4막으로 구성되어 있다. 차이콥스키의 작곡과 라이징거의 안무로 1876년 2월 20일 모스크바의 볼쇼이 극장에서 초연되었다. 그 후 로열 발레의 케네스 맥밀런이 새로운 안무를 선보여 차원 높은 발레의 진수를 보여 주었다.

마법사 로트바르트에 의해 백조로 변한 왕녀 오데트는 밤에만 사람이 되는데 그녀를 사랑하는 왕자 지크프리트의 사랑에 의해 마법을 푼다는 줄거리이다. 4막의 마지막을 악마를 쓰러뜨리고 지크프리트와 오데트가 결혼으로 맺어지는 것과 함께 호수에 빠져 죽음으로 끝을 맺는 비극이 있는데 거의 죽음 쪽을 택한다.

내가 로열 발레의 백조의 호수를 처음 관람한 것은 1975년 이었다. 당시에는 백조의 호수 2막을 공연했다. 1978년 5월 로열 발레단이 다시 초청되었다. 동아방송 개국 제15주년 및 세종문화회관 개관기념 일환의 행사였다. 공연 작품으로는 〈백조의 호수 전 막〉 〈마농〉 〈4개의 단막(공기의 정, 모노톤스, 햄릿과 오필리아, 에리뜨 싱코페이션스)〉 등이다.

객원 무용수 마고트 폰테인이 60세 나이에 우리나라 무대에 섰다. 120여 명과 함께 내한한 폰테인은 영국 여왕 즉위 25주년 기념 축제를 위하여 특별히 안무 되었던 〈오필리아〉를 춤추었다. 마고트 폰테인은 이미 1960년 중반에 영화로 선보인 〈백조의 호수〉 〈불새〉 〈수정 온딘〉 같은 작품이 있기에 우리에게 친숙하게 다가왔다. 마고트 폰테인은 연륜을 넘어선 우아함과 정교한 테크닉으로 이 시대 최고 발레리나의 면모를 유감없이 발휘했다.

예술의 본고장인 유럽에 살게 되면서 발레를 관람할 기회가 많았기에 현역의 꿈을 접어야 했던 안타까움을 대리만족으로 채울 수 있었다. 1980년 즈음 영국에서는 마고트 폰테인과 루돌프 누리예프의 독주 무대에서, 앤서니 드웰, 웨인 이글링 등의 발레리노와 나탈리아 마카로파, 레슬리 콜리어, 알렉산드라 훼리 등의 발레리나가 대물림을 받아 유럽을 한창 휩쓸며 공연했다. 당시 마카로파는 〈백조의 호수〉에서 오데트와 오딜의 1인 2역을 완벽하게 소화함은 물론 그가 백조를 가장 백조답게 춤추는 발레리나로 유명했다.

백조의 호수를 눈물로 관람한 적이 있다. 1967년 가을, 동아일보사에서 아세아 발레 축제를 개최하여 일본의 발레 안무가 소목정영을 초청, 백조의 호수 전 막을 시민회관 대강당(지금의 세종문화회관)에서 공연했다. 그때 나는 첫아이를 출산한 지 7일밖에 되지 않아 산후조리를 해야 할 형편이었다. 이런 점을 안타깝게 생각한 남편이 섭섭함을 덜어 주려고 표를 사다 주었다. 공연을 관람할 수는 없겠으나 관람권이라도 지니고 있으면 위로가 되지 않을까 싶어 배려하는 마음에서였다. 공연 일자가 마침 토요일이었고 남편이 일찍 퇴근하여 아기 곁에 있는 것을 보고 안심한 나는, 책상 위에 메모를 적어 놓고 살며시 집을 나와 시민회관으로 향했다. 집에서도 거동이 불편했는데 어떻게 그곳까지 갈 수 있었는지 어떤 초인적 힘에 끌렸던 것 같다.

그날, 입추의 여지 없이 홀을 가득 메운 관중 속에서 나는 흐느끼며 〈백조의 호수〉를 관람했다. 검정 슈트 안에 두툼한 천을 대었건만 젖이 새어 옷매무새가 말이 아니었다. 간혹 아는 사람을 만나면 두 손으로 가슴을 싸안고 인사를 하는 둥 마는 둥 피했다.

불과 몇 시간 전까지도 세상에서 가장 귀하고 소중하다고 생각했던 나의 첫아들을 잠시 잊고 철부지 엄마는 발레에 빠져 흐느끼고 있다. 4막 마지막 부분을 얼마 남겨 놓고 무대를 보며 뒷걸음질로 공연장을 빠져나왔다. 한 신이라도 더 보려고 차마 획 돌아설 수 없었고 조금 일찍 나와야 혼잡을 피할 수 있었기에.

집으로 돌아온 나는 울다 지쳐 잠이 든 나의 생후 7일 아기를 들여다보며 말할 수 없이 큰 죄책감에 괴로웠다. 아기는 내가 집에서 발뒤꿈치를 떼자마자 울기 시작하여 우유도 먹지 않고 계속 보챘다고 한다. 가까이 사시던 친정어머니가 오시고 나서야 울음을 그쳤다고 하니 어머니와 남편 볼 면목이 없었다. 어머니는 퉁퉁 부은 내 얼굴과 젖으로 지도를 그린 슈츠를 보시더니 해괴망측한 몰골에 기가 막히시는지 혀를 끌끌 차셨다. 어미의 모습이 한심스러워 아기가 울었을 것이라며 나의 철없는 행동을 몹시 꾸짖으셨다.

순간 정신이 번쩍 들었다. 내가 지금 무얼 하는 걸까. 이제 내가 설 자리는 무대가 아니라 아내의 자리, 엄마의 자리인 것을. 어찌 이런 감상에 젖어 생후 7일의 아기를 잠시라도 잊고 있었을까. 이제는 생활인이거늘-. 그 생각도 잠시, 상자에 넣어둔 튀튀와 토슈즈를 꺼내어 가슴에 꼭 안고 한동안 그렇게 앉아 있었다. 왜 자꾸만 눈물이 나는지 분명치 않은 눈물이 계속 흐르고 있었다.

언제 울었더냐? 싶을 정도로 평화롭게 자는 아기를 들여다보며 '아가야 미안해'를 수없이 되뇌었다. 이날 아기는 철없는 엄마에게 현실을 직시하라는 경종으로 심하게 울었던 것이 아닐까. 늦은 나이에 출산한 아기. 그것도 생후 7일밖에 되지 않은 아가가 분별력 없이 행동한 엄마에게 울음으로 항거한 것은 아니었는지, 두고두고 반성할 빌미를 주었다.

딸이 태어나면 내가 못 이룬 발레에 대한 꿈을 풀어보리라
했는데 그것 또한 이루어지지 않았다. 딸이 엄마의 대리만족
도구로 사용되는 것을 막으신 전능 자의 뜻일 것 같다.

한국에서, 유럽에서 미국에서 살아도 발레를 내 곁에서 벗
할 수 있게 배려해 준 남편이 고맙다. 어쩌면 놓쳐버린 대상
이기에 더욱 큰 미련을 갖고 평생 가슴앓이하고 살았던 것이
아니었을지ㅡ.

조용한 아침, 차 한잔을 마주하고 앉아 있으면 차 속에서
차이콥스키의 음악이 들리고 그 찻잔 위로 백조가 춤을 추며
무리 지어 나른다. 이제 그곳엔 내가 보이지 않는다. 그 무리
속에 춤추고 있어야 할 나는 그들을 바라보며 즐기고 있다.

발레는 나를 삶 속으로, 본연의 모습으로 돌려주었다.

(2001)

살아 있는 음반

그날 새벽 먼동이 트기 전의 밤하늘은 칠흑빛으로 어두웠다. 그 속에 흩뿌려진 은구슬. 온 시가가 정전되어 불빛이라고는 전혀 없는 어둠 속에서 빛나는 별들. 이렇게 많은 별이 영롱하게 반짝이는 것을 내 생전 본 적이 없었다.

불과 한 시간 전만 해도 온 땅을 뒤흔드는 지진이 일어나서 지구가 멸망하는 것같이 극심한 공포였다. 집도 몸도 흔들려 벽에 걸려있던 액자며 찻잔이며 모두 곤두박질하여 거실이 아수라장이 되었는데도 하늘의 별들은 황홀하기만 하다. 밖에서 사람들이 황급히 뛰어다니고 웅성거리는 소리가 들렸으나 우리 가족은 모두 식탁 밑에 엎드려 꼼짝하지 못했다. 어디서 불이라도 난 것일까. 사이렌을 계속 울리는 차 소리가 절박하게 들렸다. 정신을 차릴 수 없었다. 엄청난 공포의 순간에서, 오로지 요동치는 심장의 박동만이 내가 아직 살아 있다는 증거였고, 오금이 떨어지지 않아 밖을 내다볼 엄두가 나지 않았다. 주위가 잠잠해지고 흔들림도 멎어 식구들이 모두 방으로 들어간 다음에야 나는 철옹성 같던 식탁 밑에서 겨우 기어 나올 수 있었다.

어둠 속에 멍하니 앉아 언제 다시 일어날는지 모르는 여진의 불안감만 키우고 있어 무서웠다. 답답했다. 어서 새벽이 밝았으면 하는 기대로 커튼을 열어젖혔다. 순간, 내 시야에 들어온 별들. 좀전의 공포는 간데없이 사라지고 하늘 가득 펼쳐진 그 찬연한 빛이 황홀했다.

마음이 울적할 때나 머리가 정리되지 않을 때 버릇처럼 타워 레코드 샵(Tower Records Shop)을 찾곤 했다. 고전음악이 많은 그곳은 음악을 들어보고 고를 수 있어 좋다. 음악을 듣고 있으면 마음이 차분해지고 좋아하는 연주자의 새 음반이라도 만나게 되는 날은 기분이 상쾌하다.

타워 레코드 샵은 발렌시아에 살 때부터 다니던 클래식 전문점이다. 노스리지 지역에 있어 거리가 좀 멀기는 해도 글렌데일로 이사 온 후에도 계속 찾았다. 본래 여기저기 잘 옮기지 못하는 내 성격 탓도 있으나 음악에 박식한 미스터 브라운 때문이다.

이곳 남가주는 유럽이나 미국의 동부 같지 않아서 클래식 음반이 다양하지 않다. 때로 동부로 주문하고 몇 주 걸려야 도착하기에 희귀한 음반은 금방 손에 쥘 수 없어 불편했다. 음반을 주문할 때마다 그는 드라마나 영화라면 시대를 망라하여 거의 갖춰져 있으나 음반은 그렇지 못해 미안하다며 이곳에는 세계적인 영화의 도시 할리우드가 있음을 강조했다.

지난 1월 초순, 스타바트 마테르(Rossini: Stabat Mater)를 사러 갔을 때 내가 찾는 연주가 없자 다른 지점까지 연락해

보다가 여의치 않자 동부로 주문하는 것을 보고 돌아왔다. 그 후 시간이 많이 지났으나 지진에 놀라 까맣게 잊고 있었다.

부활절이 다가오는 2월 말쯤 타워 레코드 샵에 갔다. 그때 내가 본 것은 예전의 모습이 아닌 노란 줄에 묶여 있는 네 벽 뿐이었다. 아니, 이게 어찌 된 일인가? 지진의 진원지가 노스리지였건만 내 눈앞에 펼쳐져 있는 타워의 모습을 상상조차 해 본 적이 없었다. 너무나 허망하고 무언지 정확히 표현되지 않는 미안함, 그간의 무관심했던 날들이 겹쳐져 착잡한 마음으로 멍하니 서 있었다.

돌아오는 길에 벤추라 불러바드에 있는 타워 레코드 샵으로 가보았다. 그곳은 내가 찾는 음반이 없을 때마다 브라운이 전화하던 곳이었다. 거기에 스타바트 마테르가 있었다. 음반을 집어 들고 계산대 앞으로 갔다. 음반을 받아든 점원은 나를 찬찬히 훑어보며 이름을 물었다. 그는 잠시 기다려 달라고 말하고 안으로 들어가 내 이름의 꼬리표가 붙어 있는 주황색 플라스틱 백을 가져와 건네주었다. 그는 이 음반을 전하게 된 사유를 이야기했다.

음반이 도착하면 내게 전화 주기로 했던 브라운이 무너져 내린 건물더미 속에서 고객의 명단을 찾을 수 없어 연락할 수 없었다고 한다. 그는 벤츄라 블바드와 웨스트우드 두 곳에 음반을 맡겨 두었다. 주문품이라 틀림없이 찾으러 올 것이고 주변 가까운 곳에서 다시 음반을 살 것이니 키가 크고 얼굴이 희며 눈이 큰 중년의 동양 여성이 스타바트 마테르를 찾거든 이름을 묻고 자신이 맡겨 둔 음반을 전해 달라고 부탁했다는 것이다. 6개월가량 보관해 달라는 말을 남기고 노 부모님께서 계신 콜로라도로 떠났다 한다.

스타바트 마테르! 예수님이 십자가에서 당하시는 책형을 바라보며 가슴 아파하는 어머니의 슬픔을 표현한 이 음반을 소중하게 가지고 차에 돌아와 플라스틱 백을 열어 보았다. 음반에 조그마한 메모가 붙어 있었다.

"연락을 드리지 못해 걱정됩니다. 이 음반을 꼭 찾아갈 수 있게 되길 바랍니다. 부활절 음악회 멋지게 하세요. 노스리지의 타워가 복구되면 다시 올게요. 직접 전해 드리지 못해 미안합니다. −Adrian Brown"

브라운(Adrian Brown)은 음악하는 가정에서 자랐다고 한다. 피아니스트인 어머니 덕분에 가족 모두가 악기에 익숙하다. 그는 바이올린을 공부했고 대학 오케스트라에서 촉망받기 시작할 무렵 사고로 왼쪽 팔이 자유롭지 않게 되었다. 그 사건은 한 청년을 예술가에서 철학도로 변화시키는 계기가 되었다. 지금 이곳에서 음악을 소개하는 사람은 바이올린 연주자가 아니라 음악이란 값진 대가를 치르고 얻은 철학인 브라운이라고 남의 이야기처럼 말한 적이 있었다.

한창 꿈을 펼치려던 청년기에 좌절한 그는 절망의 긴 터널을 지나며 많은 것을 체험했으리라. 그저 음악을 들을 수 있고 음악과 함께 대화할 수 있는 것으로 위로 삼고 그곳에 있었던 게 아닐는지. 누구나 선망하는 연주자의 자리에서 그 갈 채와 영광을 가슴 깊은 곳에 상처로 간직하면서-. 그곳 클래식 음악실에서는 바이올린 연주가 주를 이루었는데 그때마다 그는 마음의 떨림으로 마지막 카텐짜까지 함께 연주하고 현을 끊어 버렸으리라.

오랫동안 한 곳만 다니다 보니 좋아하는 오케스트라와 지휘자를 알아서 새 음반이 들어오면 권해 주던 브라운. 언제쯤 그가 수줍은 듯 환한 미소를 머금고 타워에 서게 되는지. 나는 그의 진실한 마음을 송두리째 전해 받은 것 같아 스타바트마테르를 가슴에 꼭 안았다. 참으로 순수한 마음과 신의를 느끼게 하는 눈동자가 눈에 선해 차마 돌아서지지 않는 발걸음을 옮겨야 했다.

(1999)

오, 나의 알프레도여

숨소리조차도 빨아들일 것같이 고요하다. 수천 명이 운집했다고 상상이 되지 않을 정도로 도로시 챈들러 파빌리온(Dorothy Chandler Pavilion)의 넓은 홀이 정적으로 채워졌다.

시작이 임박하여 음을 고르는 오케스트라 단원들의 튜닝조차 지루하게 여길 만큼 나는 두근거리는 가슴으로 그의 모습이 무대에 나타나기 기다렸다.

명 테너의 등장을 암시하듯 로스앤젤레스 오페라 오케스트라는 바그너의 〈뉘른베르크의 명가수(Die Meistersinger von Nurnberg)〉 서곡을 힘차게 연주하며 이 음악회의 첫 테이프를 끊었다.

'플라시도 도밍고 40주년 잔치(The Placido Domingo 40th Anniversary Gala)' 이것이 지난 4월 18일에 열린 음악회의 타이틀이었다.

관람객들은 도밍고가 모습을 드러내자 약속이나 한 듯 기립박수로 그를 맞았다. 열광적인 박수를 받으며 그는 무대 중앙을 향해 천천히 걸어 나왔다. 이윽고 잔잔한 물살을 가르는 듯 차분한 음성으로 종교적 명상곡인 "오 절대자여, 심판관 이여, 아버지여(O souverain, o juge, o pere)" 마스네의 르 시드(Le Cid) 3막에 나오는 아리아를 부르기 시작했다.

25년 전 내가 그를 처음 보았을 때와 달라진 것이 있다면 조금 굽어진 어깨, 머리 위에 살짝 내려앉은 서리, 흘러간 세월의 물결이 그림자처럼 드리워진 모습이다. 내가 처음 도밍고의 무대를 보았을 때 감격으로 그를 바라보고 있다. 가슴을 파고드는 애조 띤 곡 때문이었을까. 덧없이 흐른 세월의 무상함 때문이었을까. 아니면 일세기를 풍미하는 성악가와 같은 하늘 아래에 살며 이렇듯 아름다운 아리아를 들을 수 있는 행복감이어서일까. 눈물이 흘러내린다.

칠레아의 오페라 〈아를르의 여인(L'Arlesienne)〉 2막의 애상 어린 아리아 '페데리코의 탄식(Lamento di Federico)'. 사랑하는 여인을 메디피오에게 빼앗긴 슬픔에 잠겨 탄식하며 부르는 노래이다. 리릭 테너를 위한 가장 유명한 아리아로 사랑하는 여인에게 느끼는 배신감, 그 탓에 절망으로 빠져드는 페데리코의 탄식은 자연스러운 선율과 풍부한 극적 어조로 가득 차 있는 노래이다.

바그너의 〈발퀴레(Walkure)〉 중에서 "겨울바람은 우아한 달에 가는 길을 열어주고(Wintersturme wichen dem Wonne-mond)" 지크문트와 지클린데는 쌍둥이 남매지만, 이를 알지 못하고 첫눈에 서로의 매력에 끌린다. 여동생 지클린데는 어린 시절 훈딩에게 유괴당했는데 지금은 훈딩의 아내가 되어 오두막에서 살고 있다. 남편 훈딩은 아내와 낯선 젊은이가 서로 닮았다는 것을 알았기에 이튿날 결투를 신청한다. 지크문트는 아버지가 '필요할 때는 네게 칼을 주리라는.'말이 떠올라 남편에게 수면제를 몰래 섞어 잠들게 한 후 지크문트에게 '서양 물푸레나무에 칼이 꽂혀있으며 그것은 오직 영웅만이 뽑을 수 있다.'라고 귀띔해준다. 그는 감사하다는 표현으로 그녀를 포옹하며 부르는 아리아이다.

베르디의 오텔로 중에서 '밤의 정적 속으로 소란은 사라지고(Gia nella notte densa)', 오텔로가 그의 아내 데스데모나와 달빛을 받으며 단둘이 서서, 사랑을 노래하는 아름다운 이중창으로 페드리샤 레체테와 함께 부른다. 그 외에도 차이콥스키의 〈스페이드 여왕(The Queen of Spades)〉 1막에 나오는 아리아 '게르만(Gherman's)'과 소로자발의 오페라 항구의 주점(La Taberna del Puerto)에서 나오는 아리아 "그럴 리가 없어요(No puede ser)"를 열창했다.

도밍고와 레체트가 함께 부른 〈투나잇(Tonight)〉은 장내의 열기를 더해 주는데 일조했다. 레오나르도 번스타인이 작곡한 웨스트사이드 스토리는 〈로미오와 줄리엣〉을 현대판으로 각색한 뮤지컬의 고전이다. 뉴욕 어두운 뒷골목을 배경으로 서로 적의 관계인 남녀의 이룰 수 없는 사랑을 다룬 이야기이다. 이민자들의 갈등과 반목 속에서 피어나는 순수한 사랑을 노래했다. 마리아와 토니가 사랑을 고백하는 노래 〈투나잇〉을 부를 때 들릴 듯 말듯 조심스럽게 허밍으로 따라 부르는 관객들도 있었다. 〈투나잇〉은 토스카(Tosca) 중에서 '노래에 살고 사랑에 살고(Vissi d'arte)'와 함께 이 콘서트 중에 유일하게 우리 귀에 친숙한 곡이다.

이 콘서트에서 도밍고가 선정한 곡들은 거의 많이 알려지지 않은 아리아여서 난해하며 고난도의 테크닉을 필요로 하는 곡들이었다. 다섯 곡이라는 파격적인 앙코르를 관객에게 선사하고 커튼콜과 기립박수 속에 그 영광을 지휘자와 오케스트라, 관중에게 돌리는 여유를 보여 주었다.

내가 〈라 트라비아타(La Traviata)〉를 처음 관람한 것은 1983년 2월, 런던의 로열 오페라하우스에서이다. 40대 초반의 도밍고는 인생 전성기에서 보여줄 수 있는 최상의 기량을 한껏 뽐냈다. 훤칠한 키에 잘생긴 외모가 연기력을 뒷받침해 주어 무대를 꽉 차게 만들고 부드러우면서 박력 있는 가창력은 청중을 극 속으로 빨려들게 하는 위력을 가지고 있다.

나는 그 오페라를 보면서 흥분과 긴장으로 식은땀이 흘렀다. 손뼉을 치며 서 있는 사람은 내가 아니었다. 비운의 운명에서 헤어나지 못하고 연인의 팔에 안긴 채 숨을 거두는 비올레타였다.

관객들이 일제히 일어나 브라보를 외치며 열광한다. 2층 발코니에서 던진 꽃으로 무대는 꽃비가 내리고 있다. 아름다운 존재의 향기에 취한 관객들은 오페라가 막을 내린 후에도 떠나지 않고 브라보를 외친다. 청중을 압도하는 어떤 위력, 10여 회의 커튼콜은 그의 인기가 절정에 있음을 여실히 보여 주었다.

그날 새벽 2시가 넘어 집으로 돌아온 나는 로열 오페라하우스의 무대가 어른거려, 노래가 귓가에 남아, 잠을 이룰 수 없었다.

"오! 하나님이시여, 오랫동안 고통을 받아온 내가, 나의 슬픔이 끝날 지금 죽기에는 너무 젊습니다." 비올레타의 아리아가 다시금 환청처럼 어린다.

40년 동안 그는 우리에게 거성이 무엇인지를 보여 주었다. 무언가 감히 범접할 수 없을 거장의 풍모이면서도 겸손하고 남을 배려해 주는 인격을 지녔기에 많은 사람이 그를 위대한 성악가로 존경한다.

플라시도 도밍고의 40주년 잔치는 한 성악가가 평생토록 이루어 놓은 예술의 금자탑을 보았다기보다 잘 살아온 한 예술가의 일생을 볼 수 있다는데 더 큰 의미가 있었다.

(2008)

작은 음악회
—파밀라 II

겨울이란 말이 무색할 정도로 포근한 날씨다. 자목련이 지고 겹동백이 막 봉오리를 터뜨렸다.

1월의 마지막 주말 저녁, 파밀라 댁에서는 손님 맞을 준비로 한창 바쁘다. '그레함 추모 20주년'을 맞이하여 가까운 친지와 다정하게 지내는 이웃을 초청했다. 올해 구십 세가 되는 파밀라가 오래전부터 꿈꾸어 온 일이다. 아들이 정년 퇴임하고 돌아오면 친지들을 모시고 추모회를 열겠다던 소망을 이루는 날이다.

낯익은 얼굴이 하나둘 모여든다. 고적이 감돌던 집에 생기가 돈다. 거실을 가득 메운 손님들은 그레함을 추억하며 갖가지 에피소드를 털어놓기 바쁘다. 식탁에는 먹음직스런 로스트 비프, 욕셔 푸딩 등 맛있는 음식으로 가득하다. 접시 사이사이를 Holly tree로 장식해 운치를 더했다.

파밀라가 환영 인사를 한다.

"아름다운 밤입니다. 밤이 아름답게 느껴지기까지는 오랜 세월이 걸렸습니다. 한때는 바람이 지나가도, 행인의 발걸음 소리에도 문을 열어 보았습니다. 거기 그가 있을 것만 같아

서. 가슴 한쪽을 잃은 공허로 외마디 신음조차 내지 못했습니다. 가장 힘들 때 여러분들은 나에게 신의 사랑을 보여 주었습니다. 영혼 밑바닥에서 솟아나는 삶의 감사로 슬픔을 지워 가게 했습니다. 처음이자 마지막 '우리'의 이야기를 나누고 싶습니다. 사랑하는 남편 그레함도 천국에서 기뻐할 것입니다."

감사 인사가 끝나자 파밀라를 위해 잔을 높이 들었다.

그레함 부부를 처음 만난 것은 산행을 시작한 지 얼마 지나서였다. 산에서 내려오는데 가장 먼저 봄을 맞은 노부부를 보았다. 이른아침인 데도 그들은 정원에서 차를 마시고 있었다. 일주일이면 서너 번 그 집 앞을 지나다 보니 언제부터인가 몇 마디씩 인사를 나누게 되었다.

봄비가 소리 없이 내리던 어느 날이다. 산행에서 내려오는데 파밀라가 나를 부르며 다가왔다.

"차 한 잔 하지 않겠어요?"

탁자에는 이미 꽃무늬 찻잔이 준비되어 있었다. 그 날 이후 이따금 티 타임을 갖곤 했다. 그들은 작은 일에도 크게 감탄하고 매사를 흥미 있게 들으며 긍정적 사고가 몸에 배어 있었다. 독일에서 대학교수로 있는 아들 내외와 IQ가 신동에 가깝다는 손자 이야기를 할 때면 내 일상에 차질을 줄 정도였다.

그레함 부부는 클래식 음악에 일가견을 피력할 정도로 전문성을 지녔다. 입이 벌어질 만큼의 많은 LP와 CD가 벽면을 가득 채웠고 윤기 도는 그랜드 피아노가 거실 창가에 놓여 있었다. 가끔 그 집 앞을 지날 때면 피아노 소리가 들리곤 했는데 파밀라는 여러 번의 연주회 경력이 있는 피아니스트였다.

그들은 리스트의 〈사랑의 꿈〉을 좋아했다. 파밀라는 감미롭고 로맨틱한 곡을 남편을 위해 연주했는데 서로의 시선 속에 더할 수 없는 사랑이 듬뿍 담겨있었다. '밥은 굶어도 음악 없이는─' 할 정도로 나도 클래식 마니아이기에 음악 감상을 곁들인 대화는 무궁무진하게 이어졌다. 때로 공연장을 찾기도 하고 바비큐도 즐기며 돈독한 이웃 간의 정을 쌓았다.

그레함은 베르디의 오페라 〈라 트라비아타(La Traviata)〉를 즐겨 들었다. 오래전이긴 하나 원작 소설 〈춘희(알렉상드르 뒤마)〉를 읽고 눈물을 흘렸다고 한다. 동백꽃을 좋아하게 된 것도 춘희를 읽고 난 후라 했다. 꽃처럼 젊은 나이에 애절한 사랑을 품고 죽어간 '동백꽃 여인'이나 꽃봉오리가 벙글자마자 떨어지는 동백꽃에 연민이 스미더란다.

해가 바뀌고 한동안 바빠 산행을 중단했다. 새해 인사를 나눌 겸 어느 하루 파밀라 부부를 초대하려 했는데 그레함이 갑자기 세상을 떠났다는 소식을 들었다.

파밀라는 주체할 수 없는 슬픔과 외로움을 가누지 못해 몸져눕고 말았다. 생활에서 기쁨이 사라졌다. 칩거의 날이 계속되었다. 우울과 무기력으로 삶의 의욕을 잃어갔다. 물기 없이 말라갔다. 몸이 뜬 숯 사위듯 사그라들었다. 갑자기 너무 늙어 보였다. 봄이면 커튼부터 산뜻하게 갈던 것조차 잊어 묵직하게 매달린 겨울이 그녀의 초점 없는 표정과 흡사했다. 아들 내외가 여러 차례 독일로 모셔 가려 했으나 남편의 흔적이 남아 있는 집을 떠나고 싶지 않다고 했다.

이별의 슬픔은 그리움의 정한이다. 단절과 상실과 좌절을 어찌 쉽게 잊힐 수 있을까마는 자기 자신 속에 갇히는 일만은 말았어야 했다. 그녀는 그레함과 함께한 50여 년에 깊숙이 빠져 헤어나지 못했다. 계절은 푸른 잎을 시들게 했고 다시 싹을 틔우기 반복했다.

세월은 그녀에서 기어코 침체를 빼앗아 내고 말았다. 머지않아 맞이할 죽음을 바라보며 비로소 갖게 된 평안. 드디어 새가 알에서 깨어난 것처럼 다른 사람의 모습을 보였다.

식사를 마치고 정원으로 나왔다. 대낮처럼 밝혀 놓은 등불과 열기구가 쾌적한 밤을 만들어 주었다. 가지런히 정돈된 의자에 모두 앉았다. 1부 추모 예배가 끝나고 2부 그레함에 바치는 음악회가 열렸다. 거실에는 실내악단이 앉아 있다. 아들 내외와 손자 손녀 내외, 증손녀가 연주를 시작했다. 그레함이 즐겨 부르던 〈어메이징 그레이스〉 〈주 하나님 지으신 모든 세계〉 등 누구랄 것 없이 따라 불렀다. 아들 제르미가 베르디의 오페라 라트라비아타 2막의 아리아 〈프로벤자 내 고향으로〉를 열창했다. 서너 곡 소품의 연주를 마치고 실내악단이 퇴장했다.

텅 빈 거실에는 피아노만 뎅그러니 놓여 있다. 그때 검정 비로드 드레스에 빨간 동백꽃을 가슴에 단 파밀라가 피아노 앞에 사뿐히 앉았다. 그의 손이 물결을 탄다. 리스트의 〈사랑

의 꿈〉이다. 이 음악을 듣고 있으면 가슴이 촉촉이 젖어 지나
간 시절이, 잊힌 가슴의 고동이 되살아난다는 로맨틱한 곡.
그레함 살아생전 그를 위해 즐겨 연주했고 남편이 그리울 때
면 밤새워 건반을 두드렸다는 〈사랑의 꿈〉을 사랑하는 이에
게 바치고 있다. 먼 옛날을 회상하는 듯, 꿈속에서 헤매는
듯, 무아의 경지에 도달하여 몸놀림이 갈대의 몸짓처럼 흔들
리고 있다.

거대한 우주를 삼키려는 폭넓은 연주가 중반으로 이어진
다. 삶의 굴곡, 비바람 치는 계곡과 능선을 지나며 거친 바다
의 일엽편주 되어 파도와 풍랑과 맞서 싸우는 격정을 지나 이
윽고 인생의 황혼에서 보여줄 수 있는 넉넉함, 평화로움이 여
운처럼 번지다 잦아들며 연주가 끝났다. 모진 그리움과 대면
하고 있는 것일까? 파밀라는 한동안 미동도 없이 앉아 있다
가 천천히 일어섰다. 그제야 힘찬 박수가 쏟아졌다.

음악회가 끝났다.
모두 떠난 텅 빈 정원에 파밀라만 오롯이 남았다. 뺨 위로
눈물이 하염없이 흐른다. 20여 년을 참아낸 그리움이다. 감
정의 수위가 여지없이 무너진다.
주룩주룩 늘어진 느릅나무 가지 사이에 반달이 걸려있다.
머리 위에 북두칠성도 영롱하다. 밤은 밝아올 날을 맞으려 더
깊은 어둠 속으로 빠져들고 있다.

(2014)

영혼의 소리, 요들

유럽 여행을 다녀온 친구가 요들송 DVD를 선물해 주었다 마침 시즌이어서 좋은 공연을 감상했다며 다정한 마음을 전했다. 친구의 배려가 고마웠다.

요들송을 처음 들은 것은 여학교 시절, 유학을 마치고 돌아온 외사촌 오빠로부터다. 기타를 치며 "요들레이 요들레이디~" 하며 변성기에 든 소년의 목소리처럼 노래를 부르는데 음의 높낮이가 심한 그 노래가 무척 신기하고 재밌었다. 멜로디가 경쾌하고 발랄하여 몸이 저절로 리듬을 탔다. 스위스 목동들이 부른다는 그 요들송은 오빠 이전에 누구에게서도 들어본 적이 없었다. 그때부터 나는 요들송을 좋아했다.

우리 가족이 영국에서 살 때 유럽 여행을 자주 했다. 차를 가지고 움직인 여행이어서 국경이 인접해 있는 여러 나라의 풍물을 여유작작 즐겼다.

어느 날 알프스에 오르고 있을 때 어디선가 요들의 메아리가 은은하게 들렸다. 자연에 대한 경이감을 아름다운 음색으로 표현한 듯한 소리, 보통 음악에서 느낄 수 없는 신비가 깊은 산악의 계곡으로 울려 퍼졌다. 자연 속에 정체된 순수 예술을 체험하는 순간이다. 하늘을 가득 안은 알프스에서 듣는 요들은 산내음 젖은 산의 숨결 같았다.

요들은 중세기 이전부터 알프스 지방의 목동들에 의해 전해 내려오는 민중의 노래라는 기원설이 있다. 스위스 산악지역에서 목부들이 악령을 쫓기 위하여 부른 주문이라는 설, 험준한 산악 지방의 마을과 마을 사이를 잇는 통신 수단과 신호로도 사용되었다는 설, 흩어진 양 떼를 불러모으기 위해 사용되었다는 설 등 신비로운 산 앞에서 인간이 느끼는 종교적 외경설로 다양했다.

알프스 지방의 요들은 지역적으로 스위스의 독일권, 오스트리아 서부의 티롤 주변, 독일 남부의 바이에른 등 3개 그룹으로 나눈다. 이들 중 향토색이 짙고 농민적인 요들(아름다운 베르네)을 지녀온 곳이 스위스이며 세련되어 있으나 대개 민요의 후렴으로 존재하여 있는 곳이 티롤(숲의 요들, 아름다운 스위스 아가씨)이다. 관광객의 취향에 맞도록 상업화하였으며 기교적인 것이 바이에른이라고 할 수 있다.

요들의 본향은 스위스지만 세계적으로 알린 나라는 오스트리아이다. 워낙 음악이 발달하여서 민요의 후렴으로 자주 불리나 특히 요들이 성한 곳은 알프스 지방의 티롤이다. 티롤 지방의 요들은 세계화에 가장 중요한 일익을 담당했고 오늘날 유명한 요들송은 대부분 오스트리아 티롤 지방의 요들이다.

티롤계에 딸린 민요로서 가장 잘 알려진 것이 〈요한 대공의 요들〉이다. 이 곡의 수록 여부에 따라 음반 판매 실적이 차이 난다고 한다. 〈요한 대공의 요들〉은 고난도의 테크닉을 필요로 하기에 부르기가 쉽지 않다. 이 곡은 알프스에서 자연인으로 살고 싶어 하는 비운의 왕자 이야기를 담은 노래이다.

요한 대공은 레오폴드 폰 토스카나 대공의 제13 왕자로 당시 오스트리아가 지배하고 있던 이탈리아의 피렌체에서 태어났다. 부친이 죽자 맏형 프란츠가 즉위, 요한 대공은 다음 차례의 황제가 될 것이라는 평판이 자자했다. 그 무렵, 오스트리아는 프랑스 혁명이 미칠까 봐 염려하여 프로이센과 힘을 합쳐 프랑스와 싸웠으나 패전을 거듭했다. 18세기 말에는 나폴레옹이 러시아 추방 작전의 통로로서 티롤이 공격 목표가 되었다. 요한 대공은 사령관으로 특명을 받고 출동하였으나 주전 부대가 아우스테를리츠에서 패전하여 오스트리아는 나폴레옹에게 굴복했고 빈이 점령됐다.

"모든 것은 끝났다/ 나는 패전의 이름을 지고 이곳을 떠난다/ 티롤의 산들이여 잘 있거라/ 어디에 있든 나는 슬픔에 차 있다/ 철석같이 믿고 있는 슈타이에르마르크를 위하여/ 총소리가 들리고 사슴이 쓰러지는 곳/ 요한 대공은 거기에 있는 것이다." 이 말을 남긴 채 빈으로 돌아갔다.

사냥을 좋아하고 요들을 잘 불렀던 대공은 황제의 동생이라기보다는 산사나이로서 현지 사람들과 접촉하여 1816년 그룬도르 호반의 우체국장 딸, 안나 프로플과 결혼했다. 평민의 딸과 결혼한 것은 유럽 역사상 없었던 일로서 왕위 계승권의 포기를 의미한다. 1848년 2월 혁명으로 인한 정변으로 메테

르니히가 실각했을 때 새로운 지도자로 영입되었으나 말년에는 다시 산으로 돌아가서 알프스에서 파란만장한 생애(78세)를 마쳤다. 〈요한 대공의 요들〉은 그 고장 사람들이 대공을 그리워하며 즐겨 부른 노래였으나 작사 작곡에 대해서는 전혀 알려지지 않은 채 구전으로 전해졌다.

유럽의 요들송 공연장은 통나무로 지은 오픈 카페가 있고 원형 경기장 같은 실내 공간이 있는데 그 규모가 어마어마하다. 꽃으로 화려하게 장식한 무대와 요들러의 전통 의상의 조화는 가히 환상이다. 산에서 펼치는 공연은 밴드를 동반하는데 산과 계곡의 울림으로 신비의 극치를 이룬다. 악기는 기타와 아코디언, 벤조, 만돌린, 더블 베이스가 주를 이뤘고 간혹 중후한 알프혼의 저음이 어우러지며 매력을 더했다.

유럽에서 가장 주목을 받는 요들러는 '안겔라 비들'이다. 빼어난 미모의 소유자로 그의 공연은 언제나 입추의 여지 없이 대성황을 이룬다. 30여 년이 넘는 세월 속에서도 아름다운 목소리와 인기에 변함이 없다. 요들, 오페라, 가요에 이르기까지 많은 공연을 한 가수로 특히 고음과 고난도의 기교가 있어야 하는 〈요한 대공의 요들〉을 긴 호흡과 넓은 음폭으로 유감없이 발휘하여 아낌없는 찬사를 받는다.

맬라니 우쉬는 20대 중반의 젊은 나이에 '요들의 진수'라는 평을 듣는다. 그는 6명으로 구성한 '우쉬스 디 드리든 반트'의 리드 보컬이다. 아코디언을 연주하는 '우어스 마이어'를 제외하곤 모두 한 형제들이다.

'헤어린드 린너'는 지긋한 나이에도 음성이 맑고 성량이 풍부한 가수다. 그가 알프스의 산자락 들꽃 길에서 부른 요들송은 산의 정기를 받아 더할 수 없이 청아하고 고운 메아리가 물결친다. 이들 세 사람이 부른 〈요한 대공의 요들〉은 실제 공연에서뿐만 아니라 유튜브에서 검색이 105만여 회에 가깝다.

우리나라의 요들송은 김홍철로부터다.

그는 1968년 스위스 '타게스 안사이거' 신문사 초청을 받아 동양인 최초로 요들송을 수학했다. 1969년에 에델바이스 요들 합창단을 시작으로 전국 10여 개의 요들 클럽을 만들고 1983년 '김홍철과 친구들'로 그룹활동을 시작했다. 알프스 지방의 요들송과 민속곡을 연주하는 아시아 유일의 그룹이었다. 방송 출연과 이벤트 공연을 통해 요들 보급과 아름다운 알프스의 민속 음악, 의상을 선보였다.

성악가 중에서 유일하게 요들송을 불렀던 사람은 신영옥이다. 리틀엔젤스 시절인 1973년에 부른 〈아름다운 베르네 산골〉과 〈숲의 요들〉은 음색이 곱고 맑아 관람객들을 황홀경에 빠뜨렸다. 어릴 적부터 차별된 미성의 소유자였다.

유럽을 떠나 온 후로는 공연장에서 관람할 기회가 없었으나 질 좋은 CD와 DVD가 있고 미국 요들인 컨츄리송이 있어 아쉬움을 달랜다. 한국에 있을 때 에버랜드 알파인 빌리지에서 관람했던 '김홍철과 친구들' 공연이 인상에 남는다.

요들은 두성(가성)과 흉성(육성)을 음률에 따라 이어서 교차시키는 발성 기법이다. 다시 말하면 두 가지 목소리를 빠르게 연결하여 내는 신비스러운 소리이다. 요들을 '영혼의 소리'라 함은 장엄한 산에서 생겼다는 데서 기인한 것 같다. 산을 대상으로 메아리쳐 울리는 요들. 신과 인간에게 동시에 공감을 줄 수 있는 소리가 아닐까 하여 생긴 말일 것이다.

"저 알프스의 꽃과 같은 스위스 아가씨/ 귀여운 목소리로 요들레이띠/ 발걸음도 가볍게 산을 오르면 목소리 합쳐서 노래를 하네…."

어느덧 나도 알프스의 요들러가 된다.

(2013)

백조의 노래

공연을 마친 후, 텅 빈 객석을 바라볼 때 허탈감을 무대에서 본 사람은 안다. 더욱이 그 공연이 마지막 날의 밤 공연쯤 되면 강도가 더 심하다. 온 힘을 다해 연습해 온 만큼 효과를 얻었어도 아쉬움이 남고, 오랜 시간 쏟아부은 열정의 결과가 만족지 못했을 때는 춤사위를 던지고 싶은 심정이다. 오늘까지 따라다녔던 경력이라든지 명성은 아무 소용 없다. 한순간의 실수도 허용되지 않는 것이 공연이다.

모든 예술 장르가 그렇겠지만 "하루를 쉬면 자신이 알고, 이틀을 쉬면 비평가가 알고, 사흘을 쉬면 관객이 안다."라는 분야가 특히 발레이다. 육체 언어에 문법을 구사하는 무대 예술이 발레, 긴 세월 동안 수없이 반복한 공연일지라도 언제나 처음 서는 무대같이 떨리고 조심스럽다. 첫 공연이 끝나고 난 그 밤은 잠을 이루지 못한다. 다음 날 평을 대하기 전까지 좌불안석이다.

그녀가 〈빈사의 백조〉로 데뷔할 당시 "죽기 전에 날아 보려고 애쓰는 처연한 연기력에 서정적 영상미가 스며든 미의 경지를 보여 주었다."라는 평을 받았다. 오직 발레를 통해서만 자신을 표현하고 싶었고 살아 있는 한 발레와 하나되기 원했던 집념의 다른 표현이 그런 인정을 받은 것 같다. 죽어가는 백조가 생명의 원초적 본능을 온몸으로 표현하는 처절함이 그녀와 잘 맞았다.

공연 때마다 거의 그렇듯 이번에도 발톱이 두 개가 곪겨 있어 토슈즈를 신는 것이 무척 고통스러웠으나 이제는 토슈즈 때문에 발이 상할 염려도 없고 더 이상의 고통도 주어지지 않을 것으로 괴로워하는 아이러니 속에 빠져 있다. 그녀는 〈지젤〉 공연을 끝으로 무대를 떠난다. 오늘 밤, 공연이 그녀가 좋아하는 작품으로 마치게 된 것을 감사하면서.

2막으로 구성된 〈지젤〉은 발레사를 통틀어 가장 위대한 작품이라는 찬사가 끊이지 않는 로맨틱 발레의 대표작이다. 발레리나의 정교한 테크닉과 연기가 동시에 창출되는 작품으로 프랑스의 작가 고띠에가 하이네의 전설 중에서 '빌리'에 관한 부분을 읽다가 영감을 얻어 지젤을 착상했다.

공작 알브레히트는 로이스라는 가명의 농부로 변장한 후, 지젤을 찾아와 사랑을 고백한다. 귀족인 줄 모르고 사랑에 빠진 지젤은 로이스의 약혼녀가 바틸데 공주라는 말을 듣고 충격으로 미쳐서 자살한다. 죽는 순간 자기 앞에 무릎 꿇은 알브레히트를 용서한다. 지젤의 무덤이 있는 숲속 연못가에 알브레히트가 찾아온다. 빌리의 여왕 미르타는 지젤을 무덤에서 불러낸 후 알브레히트와 춤을 추어 죽음에 이르도록 요구한다. 지젤은 그를 사랑하기에 살려줄 것을 애원하지만 미르타는 듣지 않는다. 이때 먼동이 튼다. 빌리들은 기운을 잃고 물러가고 지젤은 알브레히트에게 작별을 고하고 자신의 묘혈 속으로 들어간다. 지젤의 사랑이 그를 구한 것이다.

　그녀는 시젤을 춤추며 흐르는 눈물을 주체할 수 없었다. 이루어질 수 없는 사랑의 아픔, 지젤의 영혼을 덧입고 춤에 몰입한 이유도 있겠으나 외로운 예술가의 궤적을 따라 사랑도 희생시켜가며 힘들게 택한 예술에 종지부를 찍어야 하는 것이 그녀를 죽음 같은 절망으로 빠져들게 했다.

　시간과 공간 예술인 발레야 말로 현실과 이상을 한 무대에 조화롭게 결합할 수 있는 장르가 아닌가. 발레리나를 꿈꾸며 무용을 시작한 어린 나이부터 그녀는 발레에 취해서 살았다. 발레가 곧 삶이었다. 발의 통증이 심해도 토슈즈만 신으면 무아의 경지였다. 마치 꽃 속을 나는 나비같이 몸이 가벼웠다. 분홍신의 소녀처럼 무대에서 춤추다 죽는다면 더할 수 없이 행복하리라.

　진로가 결정되었다. 큰 무대를 꿈꾸며 발을 옮기려고 준비하고 실천 단계에 이르렀을 때 삶의 변화가 왔다. 더는 발레를 할 수 없는 환경에 처하게 되었다. 결국, 환경을 지배하지 못하고 환경의 지배를 받고 말았다. 벼랑 끝에 서서 떨어질 것 같은 심정으로 아무것에도 손을 내밀지 않았다. 버려야 하는 것에 대한 미련으로 불면의 긴 밤이 이어졌다. 비바람 치는 거리에 내동댕이쳐졌다.

사랑을 품어야 진정한 예술가가 될 수 있으나 때로는 사랑을 접고 외길을 택해야 하는 것이 발레리나의 삶이다. 아직은 발레가 황무지나 다름없는 이 나라에서 음악과 무용과 이야기가 함께 어우러지는 발레를 마음껏 펼쳐 보고 싶었다. 살아가며 어떠한 여건이 오더라도 생명을 접을지라도 발레만큼은 포기할 수 없을 것이라는 각오가 현실 앞에서 여지없이 무너지고 있다. 발톱이 곪길 때마다 살코기로 너비아니를 떠서 발가락을 싸 주시던 어머니도 이제 할 일을 잃으셨으리라.

지나간 세월이 스크린처럼 흐른다. 공연 도중 음악테이프가 끊겨 춤추다 멈추었던 일. 콩쿠르를 앞두고 길이 든 토슈즈를 잃어버려 당황했던 일. 열광하는 청중들의 커튼콜로 황홀했던 일. 공연이 끝나는 저녁이면 꽃을 들고 찾아오던 친구. 크고 작은 공연 때마다 흥분과 떨림이 혼합되어 처음 서 보는 무대인 양 새롭기만 했던 지난날들. 삶과 발레가 일체를 이루던 시간이 다시는 내게 주어지지 않을 현실 앞에 무기력하게 서 있는 내가 싫었다. 프리메이슨 회관 신축기념 공연 칸타타 〈우리들의 기쁨을 널리 알리소서〉를 연습하는 지휘 도중 과로로 쓰러진 모차르트가 더 할 수 없이 부럽고 행복하게 여겨졌다.

끝없이 이어지는 상념을 접으며 그녀는 마지막 화장을 천천히 지우고 있다. 무대로 나왔다. 좀 전까지 열기로 가득하던 공연장이 심연처럼 고요하다. 관객도 출연자도 없는 빈 무대에서 그녀는 〈빈사의 백조〉를 그린다. 생상스의 음악 〈백조〉가 환청으로 어린다. 멜로디를 따라 춤춘다. 그녀가 부르는 백조의 노래는 차츰 숨죽인 흐느낌으로 길게 가늘게 이어졌다가 끊기며 다시 이어진다. 이제 백조는 깃털을 내리고 차분히 자신에게 다가올 운명을 기다린다. 그리움과 갈망의 파도를 타고 꿈처럼 아름답게 간직되었던 날들. 그녀는 가물거리는 의식 속에 〈빈사의 백조〉처럼 안타깝게 깃을 떨고 있다.

(2003)

섣달그믐

샌타바버라 바닷가에서

10월 바다는 짙고 푸르다. 고요를 삼킨 가을 바다가 높아가는 하늘 이래 미스듬히 떠 있다. 이른 아침이어서일까. 그림처럼 보이던 요트 한 척 없다. 바다에 가을이 내리면 그곳은 사색의 장이 된다. 축복처럼 내리는 빛을 길게 끌고 며느리와 함께 텅 빈 바닷가를 걷는다. 가을빛을 닮은 갈색 머릿결이 곱다. 물새 한 마리가 끼룩거리며 허공을 가른다. 3년 전 유방암 수술을 받은 며느리는 퇴원 후 자주 바다를 찾았다. 바닷가 산책이 건강 회복에 좋다는 의사의 권고로 시작한 유산소 운동이다.

작은아들 집에서 도보로 10분 거리인 샌타바버라 바닷가는 해안선이 완만하고 모래사장이 넓어 산책하기 좋다. 이 풍광은 나폴리에서 쏘렌토로 가는 해변처럼 휘어져 있어 거닐 때마다 추억에 잠기게 한다. 바닷가에 서서 바다를 바라본다. 솨~ 밀려오는 파도 소리가 장엄한 오케스트라 연주처럼 들리고 바다를 담으려 숱한 시간을 쏟았던 사람들의 숨은 이야기 같기도 하다. 파도 소리에 취해 걷다 보면 내가 바다가 되고 파도가 되고 높낮이가 규칙적인 음률이 된다.

모래 위에 즐비하게 널려진 새들의 발자국을 본다. 손가락을 활짝 편 단풍잎 같다. 매우 정교하여 차마 밟고 지나가기가 미안스럽다. 하늘과 바다를 배경 삼아 모래 위에 찍어 놓은 판화이다. 자연은 예상치 못한 곳에서 우리에게 설렘과 낭만을 안겨 준다.

며느리는 바다에 오면 긴장이 풀리는 것 같다. 지극히 사소한 일상사에서부터 아이들과 지내면서 어려웠던 일들을 딸이 친정엄마에게 말하듯 쏟아 놓는다. 직업 중 엄마라는 Job이 가장 힘든 것 같다면서.

남편이 섭섭하게 했던 일들도 털어놓는다. 그럴 때면 나는 가차 없이 아들을 나무라고 며느리 편에 서 준다. 무조건 '네가 옳다.'이다. 며느리는 신이 난다. 밀물 지고 썰물 지는 우리 인생. 끊임없이 부딪히며 살아가는 삶. 고집 세고 표현력이 부족한 아들이기에 이해받고 싶고 사랑받고 싶은 것이다. 며느리는 두 팔을 벌리고 바다를 안는다. 세상이 나를 위해 존재하는 것 같은 표정이다. 하늘과 바다와 바람과 물새가 우리 두 사람의 품에서 화목하다. 아! 이 시간이 좋다.

아들이 이곳 샌타바버라에 둥지를 튼 지 어언 30여 년이 되었다. 샌타바버라 대학에 입학해서 모든 과정을 마치고 그대로 모교에 머무르며 가정을 꾸렸다. 아들 말대로 샌타바버라맨이 되었다.

오래전 작은아들이 저희끼리 약혼식을 마쳤다며 백인 아가씨를 데리고 왔다. 부모에게 알리지도 않고 약혼을 했다니 섭섭해서 전화도 받지 않을 때이다. 그즈음 서울에서 언니가 오셨는데 아들은 이모가 계신 틈을 이용해 밀고 들어왔다. 처음 보는 며느릿감은 우아하고 고왔다. 외할머니가 직접 구우셨다는 작은 도자기 접시를 선물로 들고 왔다. 도자기 위의 카드에는 손녀를 보내는 인사가 적혀 있었다. 대대로 내려오는 크리스천 집안이라는 것이 반가웠다. 흔히 주변에서 새 식구를 들인 뒤 적잖이 종교 갈등을 겪는 것을 봐 온 탓이다.

전부터 예비해 두었던 예물 상자를 아들에게 건넸다. 신부될 아이의 취향에 맞게 준비하라며 세팅에 드는 비용을 얹어주었다. 아들은 한마디로 거절했다. 이미 자신이 다 준비했고 오늘 착용하고 왔다고 했다. 오가며 며느리를 유심히 살펴보았으나 손가락에 반지가 잘 보이지 않았다. 아들이 이른 결혼을 했기에 본인이 예물을 준비할 정도는 아니었다. 농담을 한 줄 알고 다시 물었다. 다이아몬드로 홀 세트를 해주었다고 자랑스럽게 말한다.

찬찬히 며느리를 살펴보았다. 눈에 띄기조차 쉽지 않은 작은 알들이 손가락에서, 목에서 귀에서 빛나고 있었다. 아들이 대견하면서 한편 섭섭하여 내가 지니고 있던 반지 한 개를 며느리에게 주었다. 며느리는 한사코 거절했다. 결혼 예물은 남편될 사람에게서만 받고 싶단다.

아들 며느리의 결혼식이 샌타바버라 교회에서 행해졌다. 식장은 꽃가루 알러지가 있는 며느리를 위해 크리스마스트리와 포인세티아로 장식했다. 초록빛 행운목이 둘려 있어 분위기가 산뜻했다.

　며느리가 입은 웨딩드레스가 인기였다. 연미색 새틴에 고급 레이스로 장식되어 아름다웠다. 외할머니께서 52년 전에 입으셨다는 웨딩드레스로 보관이 잘되어 반세기가 지났다고 볼 수 없을 정도로 신선하고 고왔다. 생화 대신 신부의 친정 어머니가 만들어 주신 씰크 부케로 더욱 돋보이는 신부를 보며 그 가정의 흐름이라 할까 매사 정성 속에 이루어지는 면면을 볼 수 있었다.

　아들보다 세 살 연상답게 며느리는 매사 침착하고 마음씀이 한결같다. 알러지가 심하여 약을 달고 살아 아기를 가질 수 없기에 흑인 아들과 백인 딸 남매를 입양했다.

　이제 지천명에 닿은 며느리는 힘들었던 삶의 한고비를 넘겼기에 눈에 보이는 모든 것을 즐기며 누리고 싶은 마음일 것이다. 하늘을 보고 바다를 호흡하며 삶의 질곡까지 고스란히 품으며 무엇에든 감사하고 싶은 마음일 게다. 그것은 죽음을 체험한 사람만이 느낄 수 있는 것. 40세 중반에 양쪽 유방을 절제했으니 정신적 육체적 고통을 감당하기 어려웠을 것이다. 생과 사를 온전히 전능자께 맡기고 믿음 안에서 잘 감당해 준 며느리가 고맙다. 신앙의 힘으로 극복했으니 새 삶을 주신 하루하루가 감사와 경이가 아닐 수 없다.

　퇴원하던 날 Blue Sapphire 반지를 며느리 손가락에 끼워 주었다. 9월생인 며느리의 탄생석이기도 하고 사파이어는 희망의 푸름이기에 건강하고 행복하라는 마음을 담아 주었다.

어느새 바닷가 둔덕까지 왔다. 아침 산책의 마지막 코스다. 느릅나무에 가을 햇살이 가득하다. 빛과 그늘이 나뭇가지 사이를 비집고 눈부시게 내린다. 우리가 누리는 오늘 하루는 살아 있는 것만으로도 축복받은 것. 감사의 마음으로 바라보는 샌타바버라 바다는 차분하고 싱그럽다.

(2016)

마음이 쉬는 의자

'아빠는 내가 힘들 때 앉아서 쉴 수 있는 의자.

"남편의 생일에 아들이 그림 한 장을 그려 아빠에게 주었습니다. 하얀 종이에 의자 한 개가 동그마니 그려져 있는 그림. 그 그림에 아빠를 향한 사랑과 신뢰를 담았습니다. 백 마디의 말이나 어떤 표현보다도 짧고 굵직한 한마디에 남편은 세상을 얻은 것같이 가슴 벅찼을 겁니다."

한 지인으로부터 받은 메일의 첫머리다. 온갖 지상적 고된 삶을 잊게 해주는 글, 10대 초반 소년의 글이라 하기에는 심오하다. 아버지를 정신적 지주, 스승, 편안하게 쉴 수 있는 넓은 품으로 생각하는 아들의 삶이 얼마나 행복할까 싶다. 현대를 사는 많은 아버지가 자녀로부터 이런 마음 한 자락 받는다면 하늘에 오르는 기분이리라.

급속도로 발전하는 첨단 시설물들. 손가락에 의해 세상이 움직인다. 컴퓨터가 만물박사고 스마트 폰이 요술 방망이처럼 척척 알아서 해결해 준다. 아이들이 부모와 대화 시간을 갖고 뭔가를 진지하게 의논하기보다는 언제나 손안에 있는 기계에서 먼저 해답을 찾으려 든다. 대가족이 함께 살던 시절의 며느리들은 단출한 핵가족을 얼마나 꿈꿨던가. 요즘은 서너 명 가족끼리도 서로 얼굴 보며 식사하는 것을 별러야 하는 시대다.

현대는 첨단 제품 덕택으로 인력을 최소화하면서 최대의 효과를 얻는다. 급속도의 성장이 좋지만은 않은 것은 세상 이치가 그렇듯이 어느 것에나 장단점이 분명하게 따르게 마련이다. 한 직장에 평생을 몸담던 우리네 아버지와 달리 요즘은 직장에서 살아남기 위해 안간힘을 써도 명퇴, 조퇴라는 명목으로 타의에 의해 퇴직하게 되는 것이 이에 따른 부산물이다. 아버지의 권위도 전 같지 않다. 흔들리는 것이 가장의 권위다. 거기에는 여성도 얼마든지 어깨를 겨누며 직장 생활을 할 수 있기에 수요 공급에 균형이 깨진다.

'아빠, 힘내세요. 우리가 있잖아요.' 하는 노래를 이따금 TV에서 듣는다. 어린아이의 재롱으로 보기에는 현실적인 서글픔이 짙다. 누구나 잘사는 삶을 바라고 원할 것이다. 한 번밖에 살 수 없는 인생을 잘 살고 싶지 않은 사람이 있을까마는 그것이 마음먹은 대로 되는 것이 아니지 않은가. 주변에 의해서, 타의에 의해서 내 뜻대로 살 수 없는 경우도, 노력해도 별 성과를 얻지 못할 수도 있다. 자녀만 해도 그렇다. 편히 쉬게 의자가 되어주어도 자녀가 쉬려 들지 않을 수 있겠고 지친 다리를 끌고 와서 쉬려 해도 품을 열지 않는 부모도 있을 것이다.

농사 중에 으뜸이 흔히 자식 농사라 한다. 사회적으로 명성이 높은 사람이라 해도 자녀가 제대로 몫을 다하지 못한다면 부모의 어깨는 처지고 자녀 이야기가 화두에 오를 때면 시선이 아래로 향한다. 자녀에게 신뢰와 존경을 받는 부모, 잘 자라 주어 번듯한 일가를 이룬 자녀를 바라보는 부모가 인생 성공자가 아닐까.

　우리 아들에게 나는 어떤 엄마였을까.

　나이 들어가는 아들을 보면서 이따금 드는 생각이다. 아이들이 어릴 때 나는 편안한 엄마가 아니었다. 지나치게 예민하고 감상적이어서 감정의 기복이 심했다. 더구나 아이들 초등학교 시절, 남편과 오래 떨어져 살았기에 아빠의 빈자리를 메꾸어 주려고 예·체능에 이르기까지 전인교육을 염두에 두었다. 내가 처한 상황보다 좀 더 나은 교육 방법을 택하려 애썼고 정성을 쏟는 만큼 아이들이 잘 따라주기 바라는 보상 심리도 있었다. 당시에는 오로지 아이들을 위한 마음이었으나 지금 생각해 보면 많이 피곤했을 것 같다.

　오늘 지인의 메일을 받고 나니 내 아이들의 어린 시절이 새삼스럽게 떠오른다. 남편과 나는 과연 어떤 의자였을까. 부모를 필요로 하는 초등학교 시절, 외국에서 근무하는 아빠를 그리워하며 살게 한 것이 미안했다. 어린 나이에 엄마의 보호자라며 든든하게 지켜주고, 착하고 바르게 잘 자라준 두 아들. 긴 세월이 지났건만 이따금 가족 모임이 있을 때면 곧잘 어린 시절의 이야기를 즐겨 꺼낸다.

'난 엄마가 계모인 줄 알았어, 어찌나 무섭게 굴었던지'라고 말하는 작은아들. '엄마의 꾸중이 아빠 몫까지라고 생각했다'는 큰아들. 나의 사랑하는 두 아들에게 늦게나마 고마운 마음을 전한다.

겨울이면 연탄 난롯가에 앉아 고구마를 구워 먹던 일, 따끈한 차를 마시며 아빠가 보내 준 그림엽서 속으로 들어가 함께 여행하는 듯 밤을 새워가며 이야기꽃을 피우던 그 시절이 그립다.

이미 불혹을 넘긴 아들이지만 언제나 와서 편하게 쉴 수 있는 의자가 되고 싶다. 세월이 눈처럼 쌓인다 해도 어린아이처럼 달려와 쉴 수 있는 그런 부모가 되고 싶다.

(2012)

코번트리의 전설

아침에 마시는 커피에 하루가 담겨있다. 신선한 향기를 날리며 목젖을 뜨겁게 적시는 한 모금 커피는 필터에서 걸러진 정수처럼 머리를 맑힌다. 커피를 들고 버릇처럼 창가로 간다. 전지가 잘된 장미 줄기에서 빨간 새순이 쭉쭉 뻗어 오른다. 시야 가득 펼쳐진 하늘이 보기 좋다. 완만한 곡선의 비행운이 한가롭다. 이 시간이 좋다. 고요가 살포시 내려앉은 내밀한 공간의 주인이 되어 조용히 흐르는 음악을 들으며 사색할 수 있는 분위기를 사랑한다. 꽃잎이 벙그는 소리, 지나가는 바람의 속삭임이 들리는 이 아침의 은총에 감사한다. 이들이 내 삶에 향기와 윤기를 더해준다.

커피를 처음 맛본 것은 여중 때였다. 어머니가 이따금 즐기셨는데 어쩌다 한두 모금 실례할 때면 쓴맛에 진저리가 처질 정도였으나 향기는 오래 남아 있었다. 맛을 느끼기 이전에 풍겨오는 표현할 길 없이 묘한 향기에는 쓴맛을 익숙하게 만드는 어떤 끌림이 있었다. 나는 커피의 맛보다 향에 취하기를 더 즐겼다. 요즈음처럼 종류가 다양하지도 않았고 인스턴트 커피였는데 그 향기가 종일토록 몸속에 남아 있는 것 같아 기분이 상쾌했다.

많은 세월을 지나며 다양한 종류의 커피를 맛보았지만 내가 가장 선호하는 커피는 '고다이바(Godiva)'이다. 맛과 향기가 특이하여 커피를 내릴 때면 집안 전체가 커피 향기에 잠긴다. 마치 사랑의 묘약처럼 깊이 빠져들게 하는 뭔가가 있다.

고다이바 커피를 처음 대했을 때 이제까지 봐왔던 어느 브랜드의 커피보다 향기롭고 감미로워 향기가 몸에 배어드는 듯한 환각조차 일으켰다. 용기도 고급스러웠다. 황금색 두꺼운 알루미늄 포일로 만든 용기 앞면에 벌거벗은 여인의 그림이 새겨 있는 것도 특이했다. 고개를 갸웃 숙이고 길게 늘인 금발 여인이 말 위에 앉아 있는 로고, 유심히 살펴야 눈에 들어오는 상단의 작은 그림이 '레이디 고다이바'이다. 첫 잔을 내릴 때 남편이 고다이바의 전설을 얘기해 주었다. 커피의 향보다 더 향기로운 한 영혼이 찻잔에 머문다.

코번트리(Coventry)의 '트리니티' 대성당 앞에는 근엄한 분위기와 어울리지 않는 나체의 여인이 말을 탄 동상이 있는데 11세기 영국 코번트리의 영주였던 백작 레오프릭 3세의 부인 '고다이바'이다. 백작은 가혹한 탐관오리였는데 가뭄이 심하여 계속되는 흉년임에도 농노들에게 과도한 세금을 징수해 원성이 높았다. 고다이바는 남편의 그런 부당한 처사에 세금을 감면해 주라고 호소했으나 백작은 응하지 않았다. 아내의 끈질긴 요청이 계속되자 백작은 엉뚱한 제안을 했다.

"만일 당신이 옷을 벗고 이 성을 한 바퀴 돈다면 나에게 부탁한 청을 들어주겠소."라고.

감당하기 어려운 남편의 제안이었지만 그녀는 농노들을 위해 결행하기로 했다. 알몸으로 백마를 타고 금발의 긴 머리로 부끄러운 곳을 가린 다음 성을 돌았다. 거사가 있는 날, 주민들은 부인의 나신을 보지 않기로 결의하여 모든 창문을 닫고 커튼을 내렸다. 그런데 Tom이라는 사람이 창틈으로 몰래 훔쳐보다가 눈이 멀었다. 영국에서는 남의 사생활을 몰래 훔쳐보는 사람을 Peeping Tom(엿보는 톰)이라 했는데 이 말의 어원이 이때부터 생겼다고 한다.

그 후 70세가 넘은 레오프릭 영주는 백성을 사랑하는 아내의 진심 어린 마음에 감동하여 세금을 내려주었다. 그때 고다이바 부인은 16세였다. 어린 나이임에도 코번트리 백성을 긍휼히 여기는 마음에서 무언의 항거인 나신의 순례를 감행했다. 그녀의 행동은 많은 사람의 가슴에 감동이라는 물결을 흐르게 했고 꺼지지 않는 사랑의 불씨 하나를 심어 놓았다.

이 소문이 퍼져 바다 건너 벨기에의 초콜릿 장인 '조셉 드랍'이 알게 되었고, 숭고한 고다이바 부인의 뜻을 받들어서 '고다이바' 초콜릿과 커피를 출하하였고 세계적 브랜드로 자리잡았다. 또한 고다이바 부인의 아름다운 마음과 희생정신을 기리는 고다이바 행진은 1678년부터 코번트리 박람회의 정기 행사가 되어 수년마다 치러지고 있다.

18세기 이후 코번트리 시는 레이디 고다이바의 전설을 상품화했고 말을 탄 여인의 형상을 마을의 로고로 삼았다. '공중의

행복을 위하여(Pro Fonopopul Ico)'라는 문구가 조각되어 있음
도 물론이다.

영국의 지배 계급은 역사적으로 '귀족은 더 많은 책임을 진
다.'라는 사회적 소명의식이 철두철미하다. 빈자나 병자를 위
한 자선 사업을 적극 펼치고 전시에는 앞장서서 최전선에 나
가 목숨 바치는 희생을 감수해 왔는데 그런 귀족 정신이 고다
이바의 핏속에 살아 있었다. 16세의 어린 부인으로서는 순교
나 다름없는 나신의 순례. 그것이 미담에 그치지 않고 지금까
지 살아 있음은 근원적인 목마름을 풀어주려 했던 한 여인의
드높은 정신을 귀하게 여긴 덕이다. 백성을 긍휼히 여기는 마
음의 본보기를 보여준 코번트리의 영원한 전설이기 때문이다.

오늘날 그림으로 볼 수 있는 고다이바 부인은 영국의 고전
주의 화가 존 콜리어(John Collier)에 의해 그려진 레이디 고
다이바(Lady Godiva 1898. Courtesy of the Herbert Art
Gallery & Museum Coventry)의 초상이 대표적이다.

살면서 많은 미담과 접한다. 감동하는 한편으로 나는 무엇
을 하며 세월을 보냈을까 하는 회의가 앞선다. 잠시 머물다 가
는 세상에서 나도 누군가에게 힘이 되고, 위로가 되고, 기쁨이
되었으면 하고 바라본다. 사랑이 샘처럼 넘쳐 이웃에게까지
나눌 수 있는 여유로운 마음의 소유자가 되기를 소망한다. 내
삶의 하루하루가 성실과 믿음으로 이어지기를 기원한다.

고다이바 향기로 가득한 거실에 5월의 햇살이 은총으로 부
어지고 있다.   (2009)

섣달그믐

어렸을 때 어머니는 섣달그믐날 밤 일찍 자면 눈썹이 하얗게 센다고 말씀하셨다. 행여 눈썹이 셀세라 밤이 이슥하도록 설음식 준비로 바쁜 어머니 곁에 앉아 있었다. 빨리 잠을 자야 아침에 설빔을 입을 텐데 하는 마음과, 일찍 자면 눈썹이 센다는 말에 졸린 눈 버텨가며 참고 있다가 스르르 잠이 들곤 했다. 겨울밤이면 메밀묵 사려, 찹쌀떡하고 외치던 구성진 음성과 소경 안마사의 피리 소리, 다듬질하는 소리는 다시 듣고 싶은 내 어린 시절의 서정 소야곡이다.

우리 가족이 영국에서 맞았던 첫 섣달그믐 날, 런던으로 새해맞이 구경을 하러 갔다. 해마다 치르는 연례행사로 런던 시민이 다 모인다는 트라팔가 스퀘어에는 스크럼을 짜고 노래 부르며 축배를 드는 흥분의 도가니였다. 자정이 되기 10초 전 카운트다운이 시작되면 모두 함께 〈올드 랭 사인(Auld Lang Syne)〉을 목청 돋우어 부른다. 이윽고 빅벤의 종소리에 마쳐 "Happy New Year!"를 외치며 아는 사람이건 모르는 사람이건 얼싸안고 키스한다.

우리는 차에서 채 내리기도 전에 새해를 맞게 되었다. 빅

벤의 종소리와 함께 갑자기 몰려든 인파는 인도와 차도를 삽시간에 메워 차 안에 갇히게 되었다. 자동차들이 일제히 경적을 울리고 "Happy New Year!"를 외친다.

그때 남편이 유리문을 내리고 고개를 밖으로 내밀었다. 그러자 차 옆을 지나가던 여자들이 다가와 키스하는 게 아닌가. 나는 갑작스러운 옆 사람의 행동에 시선을 어디에다 두어야 할지 몰랐으나 차를 에워싼 군중으로 꼼짝할 수 없어 이 민망한 광경을 보고 있었다. 내가 앉아 있는 쪽의 유리문을 내리라고 두드리는 젊은이들을 보면서 속히 이 상태에서 벗어나길 기다렸다. 군중이 조금씩 움직이게 되자 몇 명은 우리 차 앞부분에 올라앉아 노래 부르고 발랄하게 율동하며 밝아오는 새해를 맞았다. 해마다 그 행사 때 밀려드는 인파로 크고 작은 사고가 있으나 런던 시민은 트라팔가 스퀘어의 새해맞이 축제를 즐기고 있어 많은 이야깃거리를 남기며 열기가 더해진다.

오랫동안 유럽에서 살아온 남편은 런던의 새해맞이 풍습을 모를 리 없을 텐데 천연스럽게 그곳으로 데려가 당황하게 한 것이 괘씸했다. 아무리 다른 문화권에서 행해지는 연례행사이고 기쁨의 표현이라 해도 참으로 묘한 기분이었다.

집으로 돌아오는 차 속에서 화가 난 것이 아니면서 편안한 마음도 아니었다. 그것은 내가 전혀 남편과 이야기를 나누지 않은 것으로 봐서 내 심기가 불편했음을 말해준다. 정월 초하루 저녁, 집에서 회사 직원들과 식사를 하며 예의 그 사건을 이야기했다. 직원들은 새해맞이 행사에 참석하지 못한 것을 아쉬워했고 부인들은 손뼉을 치며 좋아했다.

그 이후, 의도적이 아니었는데도 여행 또는 모임이 겹쳐 트라팔가 스퀘어의 새해맞이에 참석하지 못했다. 모르기는 해도 엄처시하의 직원들이 그 행사를 TV로만 지켜보며 못내 아쉬워했을 것이 자명하다. 역사와 문화와 전통이 살아 숨 쉬는 런던은 다채로운 행사가 많고 열광하는 시민들로 늘 새롭고 분주하다.

미국으로 오던 해 섣달 그믐밤은 이제껏 살아오며 가장 긴 밤이 아니었나 싶다. 한 해를 보낸다는 서글픔이 아니라 남편의 무성의에 화가 난 섣달그믐 밤이다. 미국에 온 후, 처음 맞는 새해였기에 새날을 맞는 꿈으로 한껏 설렜다. 음식을 만들고 마실 것을 골고루 준비했다. 흰 레이스로 된 테이블보를 깔아놓고 예쁘게 꽃장식을 한 다음 전등을 끄고 촛불을 밝혀 놓으니 나름대로 새해맞이 준비가 완료되었다. 아이들은 모임이 있다며 초저녁에 외출했고 단둘이 남은 공간에 은은한 클래식 음악이 흐르고 있다.

그날따라 초저녁부터 졸기 시작한 남편은 나의 설렘과는 달리 계속 동떨어진 행동만 보였다. 리모컨을 들고 비스듬히 앉아 있는 모양새가 조는 것 같아 텔레비전을 끄면, 보고 있는데 끈다고 하고, 조금 있으면 다시 존다. 나는 남편의 졸음을 쫓아 주려고 곁에서 계속 말을 시켰으나 아무런 대꾸가 없더니 드디어 편안한 자세로 코를 고는 것이 아닌가.

"봐요. 조금 있으면 새해가 되는데 좀 일어나세요." 잠에 푹 빠져 있는 남편을 보니 짜증이 나서 부드러운 말씨와는 다르게 세게 흔들었다.

바로 그때 남편이 용수철에 퉁기기라도 한 듯 갑자기 벌떡 일어나더니 뛰듯이 방으로 들어갔다가 곧 나왔다.

"못 참겠어. 정말 더는 못 참겠어. 자, 여기 벌금 있으니 제발 나좀 자게 해줘." 내 앞에 내민 것은 한 장의 Check였나. 어처구니가 없었다. 말 표현대로라면 나는 졸지에 잠 안 재우고 귀찮게 하는 고문 부인이 된 것이다.

"이제 15분쯤 남았는데 분위기 깨지 말고 조금만 참아요. 기쁜 마음으로 새해를 맞아야지. 지금 잔다면 여태껏 기다린 보람이 없잖아, 온종일 준비한 음식은 다 어떻게 하라고."

말이 채 끝나지도 않았는데 남편은 이미 잠이 들었다. 나는 졸지에 돈 좋아하는 여자가 되어 책크 한 장을 손에 쥐고 있었다.

이제는 나이 탓인지 새해가 와도 덤덤하다. 빅 애플을 터뜨리며 열광적으로 "Happy New Year"를 외치는 뉴욕커를 바라보는 시선이 차분하다. 그런데도 해마다 이맘때가 되면 낯선 나라에서 경이롭기만 했던 런던의 새해맞이, 이국에서 첫 번 맞았던 트라팔가 스퀘어의 멋진 섣달그믐 축제와 남편의 키스 세리머니가 생각난다. 이민 초년병 시절, 그때만 해도 지금보다 젊어서였는지 분위기 있게 송구영신을 맞고 싶어 했던 섣달그믐 날, 밤이 새도록 〈올드 랭 사인〉을 들으며

씁쓸한 기분으로 앉아 그 많은 음식을 거의 다 먹던 생각이
난다.

올해에도 어김없이 섣달그믐이 돌아왔다. 그저 시간만 서
둘러 지나가게 했을 뿐, 별로 이루어낸 것 없이 다시 이 자리
에 섰다. 많은 세월을 맞고 보냈건만 언제쯤이나 뿌듯한 마음
이 되어 한 해를 보람 있게 보냈다는 생각이 들려는지. 아마
도 그것은 우리들의 영원한 소망 아닐까? 산다는 것 자체가
만족이 없는 미완의 연속일 테니까. 다만 "새해에는" 하고 다
시 각오를 새롭게 할 뿐이다.

이제 한 해의 끝에 선 오늘밤은 나의 작은 공간에 추억을
불 켜놓고 꿈도 걸어 놓고 세월과 함께 흘러가 잊고 지냈던
시간을 음미해 보리라. 기도하는 마음으로 한 해를 조용히 마
무리하리라.

(1996)

바다를 담는 사람들

아들 내외에게 등 떠밀려 떠났던 크루즈여행은 예상보다 좋았다.

신혼여행을 크루즈로 시작한 큰아들네는 해마다 봄, 가을 한 차례씩 바다로 간다. 휴식을 위해서는 크루즈 만한 것이 없다며. 그럴 때마다 우리에게 적극적으로 권했지만, 여행은 서너 가정이 함께 가야 재미있는데 내 주변에는 크루즈를 좋아하는 사람이 없다. 남편과 둘이서 떠나려니 단둘이 있기는 집이나 배 안이나 마찬가지일 것 같아 선뜻 내키지 않았다.

남편은 말수가 적다. 말을 건네도 단답형이어서 말이 끊긴다. 공통분모를 찾지 못해서일까? 웬만한 일은 암묵의 이해로 성립된다. 이곳 사람들은 식사 시간이 즐거운 대화 시간이건만 우리는 너무 점잖아 조용히 식사만 한다. 이런 일이 어제오늘이 아니고 50년 결혼 생활에 거의 변화가 없다.

결혼하고 2년쯤 되었을 때였다. 하루는 어머니께서 오셔서 "너희는 연애 결혼한 사이이고 젊은 부부인데 어쩌면 서로 소 닭 보듯 하니?" 하셨다. 서로 너무 무심하기에 하신 말씀이다. 이미 그때부터 소 닭 보듯 한 사이, 나이 들어가며 말수가 줄면 줄었지, 늘었을 리 만무하다. 그러니 단둘이 가는 크루즈가 선뜻 당길 리 없잖은가. 아들의 정성이 고마워 못 이기는 척 마음을 정하고 나니 그제야 막연한 호기심이 인다. 그래, 떠나자. 떠난다는 것, 일상의 모든 것에서 해방된다는 것만으로도 마음 설레지 않는가.

여름을 삼킨 바다에 가을이 고즈넉이 내려앉았다. 바다도 계절 따라 옷을 갈아입는 듯 짙고 푸르다. 세상 섭리에 순종하려는 경건함이 배어 있는 듯싶다. 떠나오기 전 막연했던 것과 달리 바다는 보는 것만으로도 생동감이 느껴졌다. 시시각각 변하는 구름과 파도와 물새들로 즐겁다.

배를 타기 전과 후가 이렇게 다를 수 있을까. 나를 위해 시간을 쓰는데 바다 여행이 제격인 것 같다는 예찬론까지 든다. 웃음이 날 지경이다. 사람의 마음이 어찌 이리도 간사할까. 이럴 때는 오히려 말 없는 남편이 고맙기까지 하다.

일상의 필요한 것들이 골고루 갖추어진 방, 넓어서 좋았다. 짐을 싸고 풀고 할 일이 없으니 느긋하고 안정감 있다. 알게 모르게 스트레스가 쌓였었나? 이번 기회에 푹 쉬고 싶었다.

밤이 새로운 항구로 실어다 주어 낯선 아침을 맞게 된다. 발코니에서 차를 마시고 음료를 즐긴다. 눈에 들어오는 풍경을 마음으로 감상한다. 바다에서 피어오르는 현실감 없는 무지개가 신비의 극치를 이룬다. 가장 무심한 상태에서 침묵을 연주하는 바다. 그 침묵이 어찌 그리 깊은지 시간의 흐름이

켜켜이 쌓여 완성된 사색의 장 같다. 깊은 잠에서 깨어나는 고요로움이 시의 행간처럼 놓이는 휴식. 서둘러 가던 길을 멈추고 피곤함에 지친 한때를 쉬며 즐기는 나를 만난다.

해지는 것을 보려 발코니에서 시간을 보냈다. 가장 고운 색채만을 응집하여 꽃 피우는 놀. 하루의 인생을 끝내고 찬란한 빛과 색깔로 하늘에 물감을 뿌리며 스러져가는 석양. 이를 비극이라 부를 수 없고, 허무라고, 슬픔이라 말할 수 없다. 다만 취할 뿐, 경탄할 뿐.

내 삶도 저 같을지니. 하루의 저녁처럼 겨울로 접어든 지금, 지난날의 푸르렀던 여름과 곱게 물들었던 가을을 회상한다. 젊음을 사르며 황홀이 꽃피우던 인생의 정점에서 내려선 내가 마주 보며 서 있다. 지울 수도 다시 그릴 수도 없는 한 폭의 그림, 삶-. 그저 바라볼 뿐이다.

크루즈의 백미인 만찬. 우리 테이블의 손님은 40대 젊은 남미계 부부, 70대 중반의 백인 부부다. 그들은 예의 바르고 조용한 분이었고 인사에서부터 품위를 엿볼 수 있었다. 젊은 부부는 음악도여서 먼 도시까지 연주회를 찾아다니는 클래식 마니아이고 70대 부부는 현역에 있는 사업가로 부인이 젊은 시절 발레리나였다고 한다. 어찌 이럴 수가 있을까. 짜 맞추어 놓은 것 같이 우리 테이블의 여섯 사람은 취미와 취향이 같아 대화가 무궁무진하게 이어졌다. 저녁 식사 후 각자 예정해 놓은 프로그램이 있는데 훌쩍 2시간을 넘기기 일쑤였다.

크루즈는 바다 여행뿐 아니라 바다를 담기 위해 그 길 위에

선 사람들의 이야기도 있다. 대양을 품에 안고 여유로운 시간 속에서 낯선 이들과 이야기를 엮어갈 때 또 다른 여행이 시작된다. 변해가는 자연, 가을 정취, 이런 추억으로 다음 여행에 대한 설렘을 품게 한다. 일상 속에서 일상을 초월하는 힘, 삶의 눈을 밖이 아닌 안으로 돌리는 일에서 의미와 기쁨을 찾아 서로 다른 것에서 공통점을 발견하게 만든다.

마지막 밤, 우리 테이블 팀은 각종 모임에서 자리를 함께 했기에 십년지기가 된 듯 아쉬워하며 석별의 정을 나누었다. 사진을 찍고 정보도 교환했다. 우리는 내년 가을 두 주간의 스페인 여행을 꿈꾸는데 이의가 없었다. 그 계획을 위해 백인 부부의 라호야 댁에서 만나기로 약속했다.

크루즈에 동행할 사람이 없어 쓸쓸할 것 같았던 나는 바다에서 친구를 만나 시간을 쪼개어 가며 삶을 즐겼다. 여행은 나 자신을 되돌아볼 여유를 갖게 했고 내 주위를 스쳐 지나가는 것들에 관심을 기울이게 했다. 가장 무심한 상태에서 바라본 하늘과 바다와 파도의 속삭임이 활력을 안겨 주었다. 아름다운 것은 살아 있는 것. 단 하루만으로 생애 전부가 될 수 있도록 기뻐하며 감사하며 공복처럼 신선함을 유지하고 싶다.

햇살 좋은 창가에 앉아 초록색 여운을 즐긴다.

(2018)

맏동서

공항 청사를 빠져나와 낯익은 거리를 지나면서 다시 나의 일싱으로 돌아오세 된 것이 감사하다. 계절의 여왕인 5월이 한 허리를 휘어들고 어느새 거리에는 소담스레 피어 있는 자카란다의 꽃 물결이 한창이다. 바람이 불 때마다 긴 꽃 초롱에서 하늘거리며 떨어지는 꽃잎들이 보랏빛 융단을 만들어 주어 낙화의 아름다움이 새삼스럽다.

서울을 다녀왔다. 갈 때는 늘 설렜고 계획도 많았으나 이번만은 달랐다. 삶 속에서 풀리지 않는 많은 답답한 것들을 무겁게 지니고 떠났다.

시댁 큰형님이 혈압으로 쓰러진 지 어언 3년이 지났다. 그동안 몇 차례의 뇌 수술을 받았으나 아직 진전의 기미가 별로 없고 몸의 균형은 물론 의식이 분명치 않은 날이 많았다. 청력은 어느 정도 가능한데 뇌에서 입으로 전달되는 기능을 대부분 상실했다고 한다. 어쩌다 한마디 말을 해도 발음이 어눌하고 대부분 동문서답이다. 이번에 형님을 대면했을 때 나를 찬찬히 보시더니 먼 기억 속에서 어렴풋이 떠오르는지 환히 미소 지으신다.

살아 계실 때 한 번이라도 더 뵙고자 상계동 언니 집에서 연세대 세브란스병원까지 긴 길을 짧게 여기며 다녔다. 내가 서울을 떠나기 전날, 형님은 분명한 발음으로 '막내 동서' 한 마디를 하셨다. 그동안 형님을 만나며 답답했던 마음이 일시에 풀리는 듯했다. 어쩌면 다음에 만나 뵐 때는 완전히 의식이 돌아오지 않을까 하는 희망을 선물로 주셨다.

몇 년 전, 형님은 큰아이 결혼식에 참석하겠다는 소식을 일찌감치 주셨다. 여유 있게 오셔서 결혼식 보고 동부에 있는 손녀에게 들러 가겠다고 하셨다.

큰아이 결혼 준비가 거의 마무리 될 무렵, 언제쯤 오시려나 궁금해서 전화를 드렸다. 그때 청천벽력 같은 소리를 들었다. 형님이 넉 달 전에 길에서 쓰러져서 여러 차례의 수술을 받았고 이제 겨우 위험한 고비를 넘겼다고 조카는 울먹이며 말했다. 작은엄마가 소식을 들으면 경사스런 결혼식을 앞두고 급히 서울로 오실 것 같아 연락하지 않았다고 한다. 불과 1년 전, 막내동서인 나를 서울로 불러 환갑잔치를 떡 벌어지게 해 주셨던 형님. 우리는 만나서 반갑고 즐겁고 좋기만 했었는데, 의식이 분명치 않아 병상에 계시다니 도저히 믿어지지 않는다.

형님은 시부모님 일찍 여의신 가정에서 맏며느리로 시동생들 공부 뒷바라지까지 하셨다. 어려운 가정 형편인데 막내시동생이 학교를 졸업하자마자 결혼 의사를 밝혔으니 얼마나 어이가 없었을까. 본인이 기반을 닦은 다음 준비해야 마땅하

거늘 신부가 될 내가 생각해도 결혼이란 가당치도 않았으나 형님은 흔쾌히 승낙하셨다. 오히려 여유 있게 식을 올려주지 못함을 미안해하셨다.

신혼여행에서 돌아온 새색시가 문중 어른께 인사드리고 큰 상(床)을 받는 날이다. 당시 형님의 형편으로는 버거울 정도로 새색시 상을 정성스럽게 차리셨는데 시댁 친척 어른들이 모르고 그만 헐어 잡수셨다. 형님은 낯빛이 하얗게 질렸다. 형님은 기가 막혀 아무 말씀도 못 하셨다. 형님은 굳어진 표정으로 차분히 내게 말씀을 하셨다.

"자네 환갑상은 내가 차려 줄게." 나의 두 손을 꼭 쥐고 민망해 어찌할 줄 모르셨다.

형님은 점잖고 말수가 적어 냉정해 보이지만 베풂에 후하고 속정이 깊은 분이다. 중년에 아주버님을 여의시고 힘든 일도 많았으련만 꿋꿋이 가내의 대소사는 잘 처리하고 조카들도 훌륭히 키우셨다.

외아들이 결혼하고 9년 동안 후사가 없어도 불편한 언사 한 번 내색한 적이 없었다. 하늘도 감동하셔서 그렇게 원하고 바라던 손자가 태어났건만 그 기쁨도 잠시, 사고를 당하셨으니 주변 사람들의 안타까움을 어찌 다 표현할 수 있을까. 그해 봄, 가을에 있을 우리 아이 결혼식에 참석하시겠다던 형님의 전화가 마지막 대화였고 이 날까지 침묵 속에 사신다. 75세라고 믿어지지 않을 정도로 젊고 고운데 의식 없이 멍하니 앉아 계시니 너무 안타깝다.

형님은 무슨 생각을 하며 지내실까, 전 생애의 어디쯤 계실까, 침묵 속에 있는 자신의 존재를 어떻게 생각할까, 미로같이 얽힌 어두운 골목을 이리저리 외롭게 표박 하다가 마침내 길을 찾아 돌아올 것인가, 우리는 그저 희망을 품고 기다리면 되는 것일까, 이론이 정연하지 않은 상념 속으로 끝없이 빠져든다.

조카들과 이야기를 나누며 정답을 낼 수 없는 질문에 여러 번 부딪친다. 딸들은 어머니에게 많은 연민이 있다. 특히 큰 조카는 어머니같이 깔끔하신 분이 온몸을 타인에게 맡긴 채 하루하루 보내는 것을 무척 괴로워했다.

"작은엄마, 우리 엄마가 과연 지금의 이런 삶을 원하고 계실까요?" 큰조카는 울먹이며 내게 묻는다. 희망이 보이지 않아 답답하고 병원에 입원시켜 드리는 것 이외에 자식으로 더는 어떻게 해드릴 수 없음이 안타까워하는 말이다.

나로서 시원한 대답을 줄 수 없음이 더욱 답답하다. 이 상태로라도 어머니가 오래 사셔야 한다고 지친 조카들의 어깨를 다독여 주는 것이 고작이다. 나의 경험의 고백이고 그들의 마음에 위안을 줄 수 있는 유일한 말이다. 병석에서 의식이 가물거리더라도 살아 계셔서 만질 수 있고 볼 수 있고 "어머니—" 하고 부를 수 있는 것이 얼마나 큰 축복임을 나는 너무 잘 안다.

효심이 지극한 조카들이 고맙다. 한창 자라는 아이들 교육과 남편 뒷바라지에 정신없을 나날인데 어머니에게 한결같다. 퇴원한 후에는 일주일에 두 번 물리 치료사가 집으로 오고 조금만 우울해하셔도, 팔이 평소보다 덜 움직여도 입원을 시켜 원인을 규명한다. 다행한 것은 좋은 간호인을 만나 병원에서나 집에서나 늘 함께 생활하며 돌보아 드릴 수 있다. 또한, 긴 입원 생활에서 부수적으로 따르는 경제적인 문제는 걱정하지 않아도 되기에 온 가족이 빠른 쾌유만을 위해 정성을 쏟을 수 있다.

3년이란 짧지 않은 세월 속에서 사녀가 겪어낸 인간석 고뇌와 수고가 보람으로 열매 맺어 어느 날 잠에서 깨어나듯 병상을 훌훌 털고 일어나는 날이 꼭 오리라 기대한다.

미풍이 불 때마다 가볍게 흔들리는 자카란다의 꽃 초롱이 평화롭다. 그 위로 보이는 하늘빛이 맑고 곱다. 하늘 끝 가 저편에 계신 형님, 가끔 침대에 앉아 멍하니 초점 잃은 시선을 창밖으로 향하던 눈망울이 하늘빛만큼 시리게 다가든다. 영혼이 점점 사그라져 등걸만 남은 것 같은 육체에 다시 생기가 스며들어 기억의 싹을 틔우게 되기를 간절히 소망한다. 신의 은총이 기적같이 임하셔서.

(2004)

시간이 부서지는 소리

자카란다의 계절이다. 온 동네가 보랏빛 꽃 잔치로 한창이다. 잔잔한 미풍에도 꽃잎이 흔들린다. 바람이 일지 않아도 꽃잎을 날린다. 느지막이 피어났으니 천천히 져도 좋으련만 왜 그리 서두르며 떨어지는지 모를 일이다. 보도에 보랏빛 융단을 풍성하게 깔아 주어 낙화의 아름다움이 새삼스럽다. 차마 애처로워 밟고 지날 수 없는 싱싱한 꽃잎. 사방 어딜 봐도 신비의 색깔로 물든 이 계절을 나는 좋아한다. 어느 꽃 하나 아름답지 않은 것이 있으랴마는 유독 이 보랏빛 꽃으로 유월이 마냥 싱그럽다.

자카란다가 피기 시작하면 먼 기억 속 두고 온 옛집의 등나무가 떠오른다. 담 한 면을 다 차지할 정도로 길고 멋진 그늘을 만들어 주던 등나무. 뭐가 마땅찮은지 줄기를 서로 감고 꼬아가며 올려도 꽃만큼은 화사하게 피워낸다. 외지에 나와 산 지 30여 년이 지났건만, 아직 그 정원이 눈에 어려 보랏빛 향수에 잠길 때가 있다. 그때 우리 집은 등꽃뿐만 아니라 보라색 꽃이 많았다. 봄이면 무더기로 피어오르던 난초가 청초했고 때에 맞춰 라일락이 한창이었다. 라일락이 지기 시작할 무렵부터 피기 시작하는 등꽃으로 온 집안이 보랏빛 물결로 출렁였다.

등꽃 그늘에 있으면 이파리의 푸름이, 은은한 꽃 내음이 몸 구석구석까지 스며들어 영혼이 맑아지는 것 같다. 무성한 잎 사이로 분사되는 빛의 흩어짐도 장관이다.

등꽃이 지고 꽃자리 여물면 긴 완두콩 모양의 열매가 주렁주렁 달린다. 바람이 엮어 내는 정담과 천둥소리에 놀라며 튼실하게 익어산 열매, 마지 사열식이라도 하는 듯 쭉쭉 뻗어 보기 좋다. 이윽고 이파리들이 가을빛에 익어 흔들리며 비벼지며, 멀어져간 여름의 소리를 연주할 즈음이면 등나무 열매는 끝 간데없이 높아진 하늘에 매달려 춤을 춘다.

겨울, 혹독한 추위가 살 속을 파고들 때 등나무 열매는 아픔처럼 터진다.

"탁, 데구루루—."

여름 한철 그지없이 맑은 햇살과 뜨겁던 불의 그림자를 여물렸던 가을이 고독이 무엇인지 알고 내는 파열음이다. 온갖 소리를 흡수해 버린 적막한 밤, 등나무 열매 터지는 소리에 잠이 오지 않았는지 잠이 오지 않아 들렸는지 알 수 없으나 탁탁 연이어 비명이 불면의 밤을 흔들어 놓았다. 그 소리는 시간이 부서지는 푸르고 투명한 절규다. 남편이 부재중인 집에서 어린 두 아들 데리고 말 없는 생각 속에 떨며 지낸 세월이다.

등나무 집은 마당이 무척 넓었다. 그 공간에 질서 없이 나무를 많이 심어 놓아 밤이면 섬뜩한 기분이 들었다.

어느 해 여름 어스름 무렵, 마당에서 숨바꼭질했다. 장난기 많은 큰녀석이 언제나 엄마를 골탕 먹이려 술래를 시켰다. 날이 차츰 어두워지니 나무들이 검은 물체처럼 보였다. 저만치 웅크리고 앉아 있는 큰아들 모습이 희미하게 보였다. 언제 저렇게 컸을까. 등이 펑퍼짐한 게 어른스러웠다. 나는 살금살금 다가가 아들을 꽉 끌어안았다.

'요놈, 잡았다.' 금방 내 눈에 띈 게 의기양양해서 큰소리로 외쳤다.

순간, "읔!" 소리가 나며 큰아들인 줄 알고 끌어안은 사람이 양팔을 뒤로 힘껏 제쳤다. 그 힘이 어찌나 셌던지 그만 나동그라지고 말았다. 소리에 놀라 아이들이 달려왔을 때 내가 끌어안았던 사람이 재빨리 쓰레기통을 밟고 담을 넘어 달아났다. 아들인 줄 알고 끌어 앉았던 사람은 도둑이었다. 초저녁부터 들어와 날이 어둡기 기다리며 나무처럼 웅크리고 앉았다가 부지불식간에 '요놈 잡았다'를 외쳤으니 얼마나 놀랐을까. 바로 눈앞에서 이리 뛰고 저리 뛰며 마당을 휘젓고 다녔으니 들킬까 봐 꼼짝도 못 하고 간이 오그라들었을 텐데, 혼비백산이 따로 없었을 것이다.

그때 아이들의 우주였던 나는 지금의 내 아들보다 어린 30대 후반이었다. 창문마다 방문마다 자물쇠를 줄줄이 달아 놓아도 불안했으나 두 아들을 양옆에 누이고 나면 천군만마가 곁을 지켜주는 것처럼 든든했다. 무서움 잘 타는 내가 그 세월을 살아 낼 수 있었던 것은 튼실하게 잘 자라준 두 아들 덕분이었다. 아이들이 열한 살, 아홉 살이었다.

바람도 없는데 여전히 자카란다 꽃비가 내리고 있다. 왜 싱싱한 채로 서둘러 떨어지고 있는지. 30여 년 전에도 눈송이처럼 내리던 등꽃을 안타깝게 바라보지 않았던가. 누가 그 아름다움에 낙화란 말을 할 수 있을까. 흩날리며 떨어지는 자카란다도 등꽃도 지기 위해 피는 것 같아 애처롭다.

계절이 바뀌면 어김없이 새롭게 피어나는 꽃, 꽃불결 너머로 사라져간 세월, 내 생애의 여름, 메마르고 허기진 감성을 푸른 그늘로, 보랏빛 꽃으로 보듬어 주던 그 여름을 사랑한다.

꽃을 줍는다. 잊고 지냈던 젊은 날의 기억을 줍는다.

(2012)

어머니의 목도장

시원스레 옷을 벗는 가을 나무를 보며 나도 두툼하게 껴입은 옷을 과감히 벗기로 했다. 10여 년 전 이 집으로 이사할 때 과감하게 짐 정리를 했는데 어느새 다시 늘었다. 이번에도 보관할 것과 버릴 것 사이에서 몇 번 오가면서 간추렸다.

어머니가 생전에 보내 주셨던 편지 상자도 열어 보았다. 세월을 덧입어 편지지가 누렇게 변했고 글씨마저 흐릿하다. 찬찬히 들여다본다. 글씨가 살아 꿈틀거린다. "둘째야~" 부르시는 음성이 환청으로 들린다. 상자 구석엔 언제 넣어 두었는지 기억조차 나지 않는 작은 물건이 반지와 함께 곱게 싸여 있다. 도장이다. 아! 50여 년 전 어머니가 주신, 내 기억에서 사라진 지 오래된 나무도장이다.

아버지께서 57세 되시던 해 어버이날에 갑자기 돌아가셨다. 그날, 언니가 정성껏 준비한 음식을 맛있게 잡수시고 2살 외손녀의 재롱을 한껏 즐기셨다. 아버지는 식곤증이 이는지 잠시 눈을 붙이겠다며 방으로 들어가셨다. 평소 낮잠을 주무시지 않을뿐더러 두어 시간 후 손님과 중요한 약속이 있어 넉넉한 시간이 아니었다. 얼마쯤 지나도 기침을 안 하시니 어머니가 아버지를 깨우러 들어가셨다. 아버지는 깊이 잠드신 듯 반응이 없으셨다. 그렇게 점심 잘 잡숫고 거짓말처럼 세 시간 만에 세상을 뜨셨다. 사인은 심장마비였다.

어머니는 갑작스럽게 당한 일로 무엇을 어떻게 해야 할지 감당이 되지 않으셨는지 몸져누우셨다. 평소 이성과 감성 조율이 탁월하고 사리 판단이 분명하신 어머니였으나 남편을 잃은 슬픔은 그냥 지아비를 잃은 보통의 아낙일 뿐이었다.

여름으로 접어들며 어머니는 차츰 기력을 회복했다. 아버지가 청년 시절 개성을 떠나 서울에 정착하셨고, 6·25전쟁으로 친가와 왕래가 끊겨 친족이 없기에 언제까지 슬퍼하고 있을 수 없었다. 하나에서 열까지 어머니 스스로 해결해야 했다.

아버지는 평소 친구들을 많이 챙기셨다. 돈을 빌려간 사람도 있었고 이 모양 저 모양으로 혜택을 누린 사람도 있었으나 아버지가 안 계시니 그들은 우리와 서서히 멀어졌다. 우리 집 가훈은 '정직이 생명'이었다. 청렴하고 정의감이 투철했던 아버지. 중구 의용소방대를 설립하고 지역 봉사에 앞장서신 분이다. 아버지 친구들이니 아버지 같으신 줄 알았다. 그 일을 겪으며 어머니는 성품이 변하였다.

1년 후 아버지의 첫 추도식을 마치자 어머니는 우리 4남매를 불러 앉혔다. "엄마가 기도하면서 생각하고 결론을 내려 실천에 옮긴 것을 너희에게 통고한다." 우리는 무슨 말씀을 하시려나 해서 조용히 앉아 있었다. 어머니는 세 딸 앞으로 목도장 한 개씩을 내놓으셨다.

"이것은 너희 이름이 새겨진 50원짜리 목도장이다. 내가 너희 의견을 묻지 않고 엄마 재량으로 조금 있는 유산을 막내에게 양도했다. 어제 서류에 도장을 찍었다. 동생 학업을 위해 누나들이 양보해다오. 둘째는 네 꿈을 접었으면 싶구나. 셋째는 졸업반이니 부모로서 의무를 다했다고 생각한다. 이제는 각자 생활 터전을 닦아 스스로 앞가림해 주기 바란다."

어머니 말씀에 단 한마디도 토를 달지 못했다. 그저 어머니가 더는 실의에 빠지지 않고 굳건하게 우리 곁을 지켜주는 것만으로 충분했다. 40이 넘어서 출산한 아들이고 평생 집에서 살림만 하던 분이니 한정된 돈으로 아들 공부와 생계라는 이중고가 무거우셨으리라. 어머니가 독단으로 결정하여 통보하였지만, 유산이라는 말조차 생소했다. 어머니가 하시는 일이니 다소곳이 받아들여야 한다는 생각이었다. 평소 정 많고 인자하시던 어머니와 너무 다른 모습이었다.

1990년 12월 21일, 어머니의 마지막 편지에 "둘째야, 참 이상했다. 이번엔 너를 보기만 해도 눈물이 났어. 아마도 내가 갈 때가 가까왔나 보다."라는 구절이 있다.

1990년 가을 어머니 뵈러 서울 갔을 때 이번엔 내가 너를 보는 마지막일 것 같다시며 눈물을 보이셨다. 떠나기 전날 밤 어머니와 나란히 누웠다. 한동안 이런저런 말씀을 나누다가 말문이 막혔다. 우리는 등을 돌리고 숨을 죽이며 베개를 적셨다. 일곱 달 후 어머니는 그렇게 사랑하던 우리 4남매를 남겨두고 하늘나라로 가셨다.

지금도 내 기억 속에는 젊고 아름답던 시절의 어머니와 세월의 흔적이 새겨지셨던 노년의 모습이 선연히 남아 있다. 새벽이면 우리 4남매를 위한 어머니의 기도 소리에 잠이 깼고, 밤이면 감사 기도를 들으며 잠들었다. 때로 어머니의 기도는 새벽까지 이어졌다.

"나의 힘이 되신 여호와여 내가 주를 사랑하나이다."는 어머니의 신앙 고백이다. 어머니의 기도가 열매 맺어 축복의 통로로 이어져 자녀 손에 이르기까지 온 가족이 믿음으로 하나됨을 감사한다.

올해로 아버지가 돌아가신 지 51년, 어머니도 25년이 지났다. 그동안 어느 형제도 목도장에 대해 말하지 않았다. 어머니인들 마음 편하셨을까. 단산할 나이도 한참 지나 귀하게 얻은 아들. 남존여비 사상이 강하고 아들을 낳지 못하면 죄인처럼 살던 시절이었으니 시어른께, 먼저 떠난 남편에게 며느리로 아내로서 책무를 다하려 모진 결정을 내리셨으리라. 당시 고등학교 1학년이었던 남동생은 어머니의 기도와 정성 속에 전 교육 과정을 마치고 대한민국 경제계의 일익을 담당했다.

50년 세월을 담고 있는 도장에서 어머니의 체취와 아픔이 향기로 피어난다. 가슴을 에는 사연들이 침묵 속에 잠긴다.

가을이 깊어간다. 나뭇가지마다 하늘이 스미고 잎과 열매를 다 떨군 여백에 허공을 가득히 채운다. 내 가슴 눈물 어린 기슭에 잊힐 수 없는 그리움으로 어머니가 서 계시다.

(2014)

현실이 될 수 있는 미래의 꿈

산다는 것은 불확실한 미래를 전제로 한다.

인생은 끝없는 모험이기에 인간은 언제나 새로움을 잉태하고 새로운 것을 찾아 발걸음을 내디딘다. 굽이굽이 도는 인생길이 있어야 사는 맛이 있고 도전하고 싶은 의욕도 생기게 된다. 물질적 풍요는 어느 기간 편안하고 만족할지 모르나 차츰 무료해지고 나태해져 마침내 권태를 몰고 오게 한다.

미국에서 손꼽히는 관광지 콩코드(샌프란시스코 인근)는 부자들이 모여 사는 마을이다. 여기가 천국인가 싶을 정도로 주변이 아름답건만, 안일한 일상의 반복은 삶을 지루하게 하고 행복하게 해주지 않아 자살이 많은 곳으로 알려졌다.

거친 물결이 바위를 때려 포말로 부서지는 짜릿한 아픔도 있고 훈풍에 돛단 듯 잔잔한 흐름도 있어야 삶의 묘미가 있겠으나 변화 없이 평온키만 하면 매일 그날이 그날이다. 그들은 자극을 찾아 마약에 손을 대기도 하고 도리에 어긋나는 변태의 생활을 즐기며 삶의 변화를 끊임없이 추구한다.

비정상적일수록 오래가지 않는 법, 영혼의 충족과 감사가 없는 생활은 삶의 흥미를 잃게 되고 삶을 포기하는 단계에 이른다. 가장 아름다운 도시에서 사는 부유한 사람 중에서 자살

하는 사람이 늘어난다는 것은 아이러니가 아닐 수 없다.

불로소득을 꿈꾸던 직장인들의 비정함의 한 예를 본다.

작년 가을 3억 1,500만 달러의 수퍼 로또 당첨자들이 직장 동료의 제소로 법정에서 판결을 기다려야 했다. 오렌지카운티 슈피리어 코트는 가든 그로브의 한 병원에 근무하던 조나단 라크루즈가 7명의 당첨자를 상대로 제기한 소송과 관련, 추후 재판을 열기로 했다.

그들 동료 8명은 항상 함께 로또를 있고 딩첨되면 상금을 똑같이 나누기로 약조했다. 문제는 조나단이 결근 한 날 샀던 로또가 당첨되었다. 그날 조나단의 몫으로 아무도 돈을 대체하지 않아 구성원에서 빠졌다. 조나단은 본인이 직접 참여하지는 못했으나 늘 함께 로또를 샀기에 비록 결근했더라도 자신의 몫을 주어야 한다고 주장했다. 7명은 조나단의 주장에 동의하지 않았고 그로 말미암아 다정했던 동료 사이에 법정 공방이 벌어지게 되었다. 현재 처한 상태로 본다면 조나단은 권리가 없음이 분명하나 오랫동안 함께 정을 나눈 직장의 동료로 생각하여 성의 있는 분배를 했더라면 이 각박한 세상에 미담 한 가닥 남겼을 것이다.

우리 큰아들은 로또를 외면한다. 그의 사무실에서 재미 삼아 매주 로또를 사는데 단 한 번도 동참한 적이 없단다. 그 이유는 '불행하게도 로또에 당첨될까 봐'였다. 젊고 의욕적인 나이, 뜻을 품고 모험과 도전을 향해 달려야 하는 시기에 로또에 당첨된다면 자신의 인생은 맥없이 무너질 것이라고. 꿈과 도전과 성취는 사라지고 안일만 남을 터이니 이보다 더 큰 불운이 어디 있겠는가. 수고와 땀을 흘리지 않고 얻은 열매는 감동도 성취의 만족도 느낄 수 없을 것이라는 주장을 피력한다. 아들의 생활 철학이 멋지다.

근자에 수퍼 로또의 잭팟 당첨금이 6,100만 달러로 올라 또 한 번 도시 전체가 로또 열기로 달아올랐다. 로또를 취급하는 상점마다 행운을 거머쥐려는 사람들로 장사 진을 이루어 길가까지 사람의 행렬이 길게 이어졌다. 대낮에 직장에 있어야 할 사람들이 일확천금의 꿈에 사로잡혀 모두 거리로 나온 것 같다.

한 지인의 말이 재미있다. 로또를 사면 그 순간부터 가슴이 설렌다고. 행여 내게 돌아올지 모를 행운을 기대하며 단 며칠간이라도 가능성을 꿈꿀 수 있기에 행복하다고. 깊숙이 넣어 둔 종이 몇 장이 백만장자의 꿈을 가져다줄는지, 휴지인 체로 버려질는지는 아무도 모르기에 흥분으로 들뜰 수도 있겠다.

많은 사람이 아메리칸드림을 꿈꾸며 모여드는 미국이다. 이곳에서는 땀 흘려 일한 만큼, 수고한 만큼 보람을 결실로 얻는 곳이다. 그렇게 사는 것이 정도이고 많은 사람의 삶의 방식이다.

거액의 로또에 당첨된 사람들은 행운의 여신이 찾아왔다고 말한다. 그들의 표정은 세상을 다 얻은 것처럼 만족스러운 모습이다. 그러나 질투의 여신도 함께 오는지 부러움 속에 잘살 것 같은 사람들이 파경을 맞으며 파산에, 심지어는 목숨까지도 잃는 것을 본다.

생활 철학이 없는 사람이라면 갑자기 주어진 거액에 정신 차리지 못하고 허둥댈 것이다. 관리할 능력도 없고 절제와 자제력을 상실한 상태에서의 물질은 삶을 파멸로 이끌 뿐이다. 쉽게 들어 왔으니 쉽게 나간다. 욕심은 정신적인 것에 두어야지 물질적인 것에 두면 항상 화를 부르게 마련이다.

돈이 없는 사람들은 내가 만일 부자가 된다면 가난한 사람의 이웃이 되어 돕는 일에 앞장서겠다고 흔히들 말한다. 일단 내 수중에 돈이 들어오면 생각이 달라지는 모양이다. 도전 없이 안일하게 주어지는 삶은 우리의 정신세계를 흐리고 무감각하게 만든다. 무위도식하며 사는 사람들이 가는 길이 뻔하지 않은가. '깨어 기도하라'라는 말씀이 우리를 긴장케 한다.

내 생의 과정을 전부 알 수 있다면 그것이 장밋빛 삶이건 고난의 연속이건 살아갈 의욕이 없을 것이다. 현재가 미래를 향해 열려 있기에 어떠한 정황에서도 살 게 되어 있고, 삶의 비전을 가질 수 있다. 여건이 맞지 않아 못하고 있는 그 많은 하고 싶은 일들과 보람을 가져다주는 일들, 소망이 있는 삶, 이런 것들을 찾아 헤쳐가고 그것이 하나하나 이루어질 때 삶의 묘미를 터득하게 되지 않겠는가. 끝없이 내 앞에 펼쳐져 있는 대지를 향해 꾸준히 달려 나갈 때 귀하게 흘린 땀방울이 헛되지 않을 것이다. 의식 있는 행동과 절도 있는 삶을 추구할 때 현실이 될 수 있는 미래를 꿈꾸게 될 것이다.

(2007)

유숙자 연보

1940년   4월 2일 서울 중구 을지로 4가에서 아버지 송재원(宋在元)과 어머니 최봉업(崔鳳業) 사이에서 1남 3녀 중 둘째 딸로 태어났다.

집에 유성기가 있었고 아버지께서 음악을 즐기셔서 이 풍진 세상, 학도야 같은 노래와 봄의 소리 왈츠, 푸른 다뉴브 등 소품을 자주 들었다. 이때부터 나의 음악 사랑이 시작되지 않았나 싶다.

1946년~1953년   방산초등학교에 입학했다. 외삼촌이 삼각청년회라는 작은 교회를 설립하여 결혼 전 어머니가 야학일을 도우셨다. 어머니는 책을 많이 읽으신 분이다. 우리 나라 고전을 들려주셨는데 숙영낭자전, 장화홍련전, 홍길동전, 심청전, 콩쥐 팥쥐 등 밤이면 졸린 눈을 비벼가며 듣곤 했다. 그때 나의 상상력이 쌓였던 듯싶다. 학교 글짓기 때 나의 글이 뽑혀서 친구들 앞에서 낭독하곤 했다.

여름방학이면 5살 터울인 언니와 개성 친가엘 갔다. 서울역에서 기차를 태워 주면 개성 역전에는 삼촌과 아저씨들이 나와 있었다. 지게 위 커다란 짚바구니에 우리를 앉히고 20리 산길을 넘어 송악산 아래 평화로운 마을, 경기도 개풍군 청교면 배아리 555번지 할아버지 댁에 도착한다. 나의 어린 시절의 꿈은 삼포 밭이

끝없고, 연당에는 새색시 가마 모양의 연꽃이 소담스
러웠으며, 여름밤 하늘에 촘촘히 박혀 있는 별, 풀벌레
소리가 정겨운 송촌마을에서 영글었다. 초등학교 5학
년 때 6·25전쟁이 일어나 할아버지 댁과 멀어졌다.
아버지께서는 중구의용소방대를 건립하시고 숙청 대
상이 되어 은둔하시고 전쟁이 끝나고 2년 후에야 일상
에 복귀하셨다.

1954년 　정신여자중학교에 입학, 1학년 때 박목월 선생님이 작
문을 가르쳤는데 들려주신 동화 〈어여쁜 인어공주〉와
나직한 목소리와 인자한 미소가 생각난다. 박목월 선
생님 큰자부가 우리 아이가 홍익대학교 부속국민학교
다닐 때 담임선생님으로 연이 이어졌다.

책 읽기를 좋아하여 십대 시절 국내외 시와 명작 소설
을 손에 달고 살았다. 황순원의 〈소나기〉는 내 마음에
작가의 꿈을 심어준 계기가 되었다.

2학년 때 〈YMCA 클래식 음악감상〉 모임에 친구와 참
석했다. 이날 감상한 음악이 베토벤의 〈바이올린 협주
곡 Op. 61〉, 지노 프란체스카티(Zino Francescatti)
의 연주로 들었는데 작곡가에 대한 경의와 감동으로 가
슴에 음악이라는 씨앗 한 개를 심었다. 그후 임을파 선
생님께 고전무용과 현대무용을 사사했다.

1956년 　3학년 새학기에 여 선생님이 부임해 왔는데 김홍도의
그림에 나옴직한 청초한 동양미인이었다. 김효자 선생
님으로 우리 반 담임이 되었다. 수업 시간에 모윤숙의
〈국군은 죽어서 말한다〉를 낭송하며 목이 메던 선생
님, 영화 〈나의 청춘 마리안느〉를 들려주던 신비롭기
까지 했던 음성, 시를 공부하라며 문학의 꿈을 심어준

김효자 선생님을 40여 년 만에 LA에서 뵈었다. 문학 강연차 오신 선생님은 고운 자태가 여전하셨다.

1956년   문예반에서 활동하며 교지에 시를 실었고 문학과 무용, 창작 예술에 정진했다.

1957년   정신여자고등학교에 입학. 발레 수업과 적극적인 대외 활동을 폈다. 외국에서 발레를 공부한 이혜석 선생님께 발레를 사사했다. 비로소 수준 높은 발레를 사사할 수 있었고, 매년 가을에 〈백조의 호수 2막〉〈호두까기 인형〉〈꽃의 왈츠〉〈무도회의 초대〉 등 다양한 공연을 펼쳤다. 발레는 영혼이 살아 있는 춤을 추어야 관객과 공감대를 형성하기에 발레와 학업에 더욱 정진할 것을 다짐했다.

고등학교 2학년 때 창덕여고 특활반에서 송수남 선생님의 요청으로 발레를 지도했다.

1960년~1963년   일반 대학 지원을 원하는 담임선생님과 발레를 전공시키려는 무용 선생님 사이에서 갈등하였다. 그때 나는 발레가 좋았고 여건상 무용 선생님 말씀을 어길 수 없어 따르기로 했다.

무용학과에 입학하여 몇 학기를 다녔으나 나의 이상을 충족시켜 줄 만한 결과를 얻을 수 없어서 유학을 떠나기로 하였다. 그때부터 학생들 레슨도 하고 선교사에게 어학연수를 받았다.

〈빈사의 백조〉〈잠자는 숲속의 미녀〉〈거미의 꿈〉〈공기의 정〉 등 공연.

1963년   드디어 서류전형 합격 통지를 받았다. 꿈이 현실로 다가왔다.

1964년   5월 8일 어버이날, 아버지께서 갑자기 심장마비로 타

계하셨다. 점심을 잘 드시고 잠시 오수를 취하셨는데 다시 일어나지 못하셨다.

아버지 부재로 목숨처럼 여기던 발레의 꿈을 접어야 했다. 말할 수 없는 실망과 좌절로 실의에 빠져 있었으나 마지막 스케줄을 모두 소화하고 마지막 공연 〈지젤〉을 끝으로 발레리나의 꿈을 접었다.

1966년 유회강과 결혼. 남편은 평생 원하는 만큼의 발레 공연 티켓을 선물하겠다고 약속했다.

1967년 장남 정택 출생.

1968년 6월에 화곡동으로 이사했다. 주택공사에서 지은 국민주택. 담도 없이 집 한 채만 오뚝이처럼 서 있었다. 이 집에서 살면서 담을 쌓고 두 아들과 함께 나무와 꽃을 심으며 꿈도 심어주었다.

1969년 차남 현택 출생. 이 특별한 아들은 생후 50일 만에 '유문협착'(이 병은 신생아가 생후 100일 안에 거의 생명을 잃을 정도로 무서운 병이다.) 수술을 받는 엄청난 일을 겪었다. 때마침 미국에서 소아외과를 전공하고 오신 민병철 박사의 집도로 아들을 살릴 수 있었다. 키가 55cm에서 50cm로, 몸무게가 3.8kg에서 2.5kg으로 줄었다.

1978년 홍석창 교수 지도 〈홍익서예그룹전〉 참가

1980년 선학균 교수 지도 〈홍익동양화그룹전〉 참가

1980년 남편이 수년간의 장기 해외 출장을 마치고 귀국하자마자 구주 본부인 런던으로 발령이 나서 오랜만에 가족이 함께 런던에서 살게 되었다.

우리 집은 London 북쪽 Sunbury on Thames, Sunna Gardens에 위치한 아담한 목조 2층이다. 앞

마당 귀퉁이에 집을 거의 가릴 만큼 커다란 겹벚꽃나무가 있어 운치를 더했다.

도착 이틀 후 내 마음에 비극으로 남아 있는 영화 〈애수〉의 산실인 Waterloo Bridge로 향했다. 영화에서 보았던 로맨틱하고는 거리가 먼 콘크리트 다리여서 크게 실망했다.

첫 번 바다 건너 여행은 프랑스 깔레였다. 도버에서 배에 자동차를 싣고 40여 분 정도의 거리. 프랑스 요리의 진미를 맛보기 위한 1박 2일의 여행이다.

Winston Churchill은 거대한 Blenheim Palace에서 태어나 소년 시절을 보냈고, 수만 권의 장서가 가득한 Chartwell에서 40여 년을 살았다. 인공 호수와 울창한 숲으로 둘러싸인 이층 벽돌집은 주변 경관이 수려해서 존재 자체로도 유명 인사가 태어날 것 같은 예감이 들 정도이다.

William Shakespeare 생가 Stratford- on-A von은 워릭 셔의 에이본 강에 있는 작은 역사적인 도시이다. 영국이 낳은 대문호의 흔적과 자취를 한눈에 볼 수 있는 관광 도시로 사철 관광객이 끊이지 않는다.

Hever Castle은 Kent에 세워진 아담하고 고풍스러운 중세 정원 양식을 갖춘 성으로 이곳에서 헨리 8세의 둘째 부인 앤 볼린이 약 1000일 동안 살았다가 불륜의 혐의로 처형당했다.

1982년   Richmond College(Greater London) English Lecture 2년간 수학.

첫 장기 여행지로 유서 깊은 Stonehenge를 택했다. 로마 목욕탕(Roman Bath)으로 유명한 곳이다. 로마

제국이 영국을 지배하던 1세기, 로마군에 의해 건축된 유서 깊은 유적지이다. 천연 온천수가 나오고 박물관을 비롯하여 바스 수도원 등 2000년의 역사를 한눈에 볼 수 있었다. 도착한 첫해 크리스마스를 이곳에서 맞았기에 기억에 남는다.

영국에서 가장 아름다운 성인 Leeds Castle, 6명의 영국 여왕에 의해 소유되었다고 한다. 미국의 억만장자 상속녀인 레이디 베일리가 대대적인 보수를 하여 오늘과 같이 아름다운 성으로 완성되었다고 한다.

Scotland와 수도 Edinburgh, 남부의 아름다운 항구 Brighton, Greenwich 등 여행, 틈날 때마다 새로운 여행지를 찾았다.

500년 역사를 가진 지성의 요람 Cambridge는 아담하고 한적한 대학 도시이다. 옛 모습이 그대로 갖춰진 골목과 컬리지. 오래된 Pub과 어울리는 Cam강의 요모조모, 가히 낭만적인 중세 대학 도시라 하겠다.

1983년   Canterbury Cathedral, Arundel Castle, 여왕의 공식 주말 궁전 Windsor Castle, 레이디 고다이바가 살았던 성 Coventry, Brussel, Paris. Rome, Napoli, Sorrento, Pompeii, 초콜릿으로 유명한 Belgium 등. 하늘의 별과 땅의 별들이 반짝이는 제네바에서 Alpes 넘어 프랑스 리옹을 거쳐 빠리에 닿았다. 오래되어 기억은 다소 희미하나 뚜렷이 남아 있는 것은 남편이 알프스 정상의 좁은 길에서 앞차를 추월하는 바람에 손만 뻗으면 닿을 것 같은 천국으로 올라갈 뻔했다. Vatican은 부활절에 유럽을 차를 가지고 한 여행이었기에 바티칸 광장에서 부활절 예배를 드릴 수 있었다.

1984년	통일하기 전 서독의 수도 Koln, 유명한 Lorelei, Rudesheim, 교육 도시와 아름다운 성으로 유명한 Heidelberg, Zurich, Bern, Geneva 등 여행. 〈폭풍의 언덕(Wuthering Heights)〉은 York주 Haworth Moor에 있다. Emily Bronte의 생가와 박물관을 관람했는데 당시 소설을 쓰던 펜, 노트 옷과 신발까지 일상의 자질구레한 것을 진열해 놓았다. 예술의 혼이 짙게 깔린 작가의 유적다웠다. 일일권 내도 많아 발레, 오페라, 콘서트 등 이루 열거할 수 없을 정도로 많은 공연을 예약하여 관람했고, 도시와 유적지 등 예술 문화의 산실을 찾아다녔다. 두 아이가 현지 적응 과정에서 마음 아픈 일도 있었다. 런던 북쪽 외곽 우리가 사는 곳 사람들이 동양인을 한 번도 접해본 적이 없어서 당한 피해였다. 그곳 아이들이 우리 아이들을 중국인으로 놀렸다. 큰아이가 12살, 작은아이가 10살이었다. 6개월여 후 학교 성적이 우수한 두 아이에게 이제는 서로 친해지려고 했다.
1985년	5월, 영국을 떠나서 8월에 미국으로 이주했다. 삭막하기 짝이 없는 캘리포니아 LA 북쪽 발렌시아에서 둥지를 틀었다. 노모가 계신 탓도 있었지만 이곳 생활에 적응이 힘들어 매년 서울을 방문했다.
1990년	미주한국일보에 시 〈오지 항아리〉〈어머니〉〈연민〉 발표.
1994년	12월, 차남 HyunYu가 미국인 아가씨 Elizabeth Hanning과 결혼.
1996년	〈미주 크리스천문학〉 수필 입상 미주한국일보와 미주중앙일보에 작품을 게재하며 작

품 활동을 하였다.

1999년 3월, 『수필문학』에서 〈꽃보다 아름다운 마음〉으로 초회추천, 9월 〈살아있는 음반〉으로 추천완료.

1999년 〈재미수필문학가협회〉가 창립하여 창립 회원.

2001년 〈해변문학제〉에 초청 강사로 오신 정목일 수필가를 통해 비로소 체계 있는 수필의 정석과 이론을 들을 수 있었는데 그분의 문학 강의를 통해 수필에 관하여 새로운 인식을 하였다.

2001년 한국문인협회 회원 가입.

2001년 11월 장남 Richard Yu와 Christeen Shin 결혼.

2003~2006년 미주한국일보 칼럼 〈삶과 생각〉 필진으로 참여.

2003년 국제펜 한국본부 미주서부지역위원회 회원 가입

2005년 둘째 아들 결혼 10년 만에 흑인 아들 William 입양함.

2005년 해변문학제에 오셨던 김남조 선생님이 등단한 지 10여 년이 되는 데도 수필집 한 권 없음을 꾸짖으셨다. "결혼을 했으면 아기를 가져야지 아직까지 불임상태에요?" 수필집을 출간할 정도의 실력이 아니어서 더 연마한 후에 한 권만 낼 생각이라고 말씀드렸더니, 있는 글 정리하여 빨리 출간하라고 말씀하셨다.

2006년 첫 수필집 ≪백조의 노래≫(선우미디어) 출간.
≪백조의 노래≫ 서평을 쓰신 정목일 선생님께서는 "유숙자의 수필은 섣불리 발설해 내지 않고 은밀하게 김칫독을 땅속 깊은 곳에 묻어 잘 숙성시키고 발효시켜 제대로 맛을 낸 김장김치이다."라고 평하였다.
2006년 한국문화예술위원회 우수문학도서 선정됨.

2007년 재미수필문학가협회 제5대 회장으로 추대되었으나 건강상 이유로 취임 인사를 마치고 나서 조만연 전임회

장에게 위임하였고 이사장으로 추대되었다.

2007년　　현대수필 겨울호에서 허만욱 교수는 〈서나 가든의 촛불〉을 "이 작품의 묘미는 작가가 촛불과 차를 좋아하는 이유가 단지 분위기를 돋우는 기호품이어서가 아니라, 깊은 사유를 통한 자아 탐구와 촛불과 다향이 서로 혼용되는 은은함 속에 모든 인위의 빛은 허물어질 것 같은 마음의 여유가 생기기 때문이다."라고 평했다.

2009년　　둘째아들 백인아기 Victoria를 입양함.

2010년　　〈미주펜문학상〉과 〈해외한국수필문학상〉 수상함.

2010년　　한국여성문학인회 회원.

2013년　　두 번째 수필집 ≪서나 가든의 촛불≫(선우미디어) 출간함.

2013년　　≪서나 가든의 촛불≫로 〈조경희문학상 해외작가상〉 수상함. 윤재천 선생님은 "사물에 대한 적극적인 탐구로 수필 특유의 창조성을 보여 주고 있으며, 심도 있는 관찰로 특유의 개성과 은유를 드러내고 있어 독자에게 의미 있게 다가가고 있다. 작가는 영혼의 근육이 단단하면서도 유연해 샘물이 솟는 파장을 던져 준다. 그의 영혼은 꿈을 꾸며… 살아 있는 감동을 누리기도 한다. 꿈을 가진 사람은 고독하다.…"라고 평하였다.

2013년　　≪오늘의 한국 대표수필 100인선≫(문학관)에 작품 수록됨.

2017년　　〈제4회 재미수필문학상〉 수상함.

2021년　　그린에세이 편집위원, 한국여성문학인회 회원, 국제 펜 한국본부회원, 재미수필문학가협회 회원.

2022년　　명수필선집 ≪아들의 고향≫(선우미디어) 47번째로 선정되어 출간함.